대학생
실전 글쓰기의 모든 것
writing

한 권으로 끝내는 서평과 논문

김남규 지음

머리말

대학원에서 박사논문 쓸 때쯤이었습니다. 계획부터 세우는 것을 좋아한 저는, 논문 쓰기에 앞서 촘촘하게 계획표를 짜고 논문 쓸 때 유의사항들을 적어나갔습니다. 아주 조금의 시간 낭비도 하지 않기 위한 나름의 자구책이었습니다. 일종의 '마스터 플랜'과 같은 것이었죠. 덕분에 비교적 빠른 기간 내에 박사논문을 완성할 수 있었습니다. 물론, 단번에 심사가 통과되는 행운도 따라주었습니다.

뒤이어 아직 박사논문을 쓰지 못한 제 주변의 연구자들에게 제 마스터 플랜을 알려줄 기회가 생겼습니다. 보다 구체적으로 플랜을 설계해 주었습니다. 논문 쓸 때의 유의사항도 상세히 적어주었습니다. 논문 검색과 수집 방법부터 시작해 논문 제출 절차까지 모두 일러주었죠. 이를테면, 논문 작성 한글 파일은 날짜별, 시간별로 따로 저장하고, 내게쓴메일함과 클라우드 등에 수시로 백업할 것까지 말입니다.

네 맞습니다! 저는 '꼼꼼대마왕'입니다. 그렇게 살고 있고, 그렇게 살고 싶습니다. 병적인 집착이라고 말해도 저는 상관없습니다. 이 꼼꼼함이 저를 지금까지 키워왔고 또 앞으로 제 삶의 발전 원동력이 될 것이라 믿습니다.

　　제 마스터 플랜이 빛을 다시 발하게 될 때가 왔습니다. 전혀 생각지도 못한 곳이었습니다. 바로 학부생을 대상으로 하는 〈대학 글쓰기〉, 〈사고와표현〉과 같은 강의였습니다! 강의를 처음 맡았던 때는 저 역시 기존의 글쓰기 강의 교재를 썼으나, 이 교재로는 도저히 강의를 이어갈 수 없었습니다. 이론과 연습문제만 가득한 교재로 어떻게 글쓰기를 제대로 가르칠 수 있을까요.

　　저는 제 나름의 방식으로 이 세상에 없는 강의 커리큘럼을 짰습니다. 글쓰기 실전에서 바로 실행할 수 있는 그런 글쓰기를 학생들에게 알려주고 싶었습니다. 여러 시행착오 끝에 강의 내용을 정리해『글쓰기 파내려가기』(고요아침, 2020)라는 책을 발간할 수 있었고, 이렇게 또 한 권의 책을 묶을 수 있게 되었습니다.

　　서평과 논문 쓰기 능력은 대학생 필수 능력이지만, 대부분 학생이 매우 어려워합니다. 제대로 배운 적도 없고, 제대로 써본 적도 없으니까요. 저 역시 대학생 때 그랬습니다. 그러나 서평과 논문 쓰기는 공부의 기본입니다. 서평과 논문을 일정 수준 이상으로 쓰지 못한다면, 두고두고 서평과 논문이 당신을 괴롭힐 겁니다. 그래서 이렇게 책을 묶습니다. 당신과 함께 공부해가려고요. 저 역시 강의자이기도 하지만 공부하는 사람이기도 하니까요.

　　쓸데없는 이론을 최대한 쓰지 않으려고 노력했습니다. 글쓰기 실전에 바로 쓸 수 있는 고급 팁만 모았습니다. 당신의 글쓰기를, 당신의 삶을 응원하겠습니다!

2022년 3월

김남규

차
례

PART 1 서평의 모든 것

/

우리는 지금 독서할 수 없는
시대에 살고 있다

먼저, 독서 이야기부터 시작해보겠습니다. 우리나라는 2년에 한 번씩 문화체육관광부에서 전 국민 대상 독서 실태 조사를 합니다. 2021년 조사 결과에 따르면, 성인의 종이책 연간 독서율은 47.5%, 독서량은 4.5권으로, 2년 전보다 독서율은 8.2%, 독서량은 3권 감소했습니다. 초중고생의 경우 독서율은 90.7%, 독서량 34.4권으로, 2년 전보다 독서율은 0.7%, 독서량은 6.6권 감소했습니다. 연간 독서율은 일반도서(교과서, 학습참고서, 수험서, 잡지, 만화 제외)를 1권 이상 읽은 사람의 비율, 연간 독서량은 지난 1년간 읽은 일반도서 권수를 기리키죠. 이 통계만 살펴봐도 우리가 어떻게 한국에서 살아가는지 쉽게 알 수 있습니다.

세부적인 통계를 확인해보면, 초등학생이 중고등학생의 독서량을 완전히 압도합니다. '초딩 독서논술'이 있기 때문입니다. 방과 후 활동을 하든, 학원에 다니든, 학습지를 하든 간에 '초딩'때는 책 볼 시간과 환경이 보다 넉넉하게 제공됩니다. 책을 안 읽으면 바보가 된다는 부모님의 무자비한 협박(?)에 우리는 진짜 책을 안 읽으면 큰 일이 나는 줄 알고 책을 (억지로) 읽어 왔죠. "책이 사람을 만들고 사람이 책을 만든다"는 말이 그러하죠.

그러나 우리가 '중딩'이 되면 독서 논술보다는 '국영수' 중심의 공부로 태세가 전환됩니다. 바야흐로 대학교 입시를 위한 전쟁이 시작된 것이죠. '고딩'때는 말할 것도 없죠. 물론, 몇몇 학생은 '논술전형'이라는 '테크 트리(Tech tree)'를 타기 시작하지만, 대체로 본격적인 독서와 논술은 '초딩'때가 우리의 마지막 경험일 가능성이 높습니다. 수행평가 때 독서감상문 몇 번 써봤다면 그나마 다행입니다.

제 주변 지인의 증언에 따르자면, '초딩 독서 논술'이 제일 가르치기 쉽다고 합니다. 왜냐하면, 성적과 같은 결과물에 영향을 받지 않는 과목이니까요! 부모도 학생도 선생도 스트레스를 거의 받지 않는다고 합니다. 독서 논술을 잘한다고 해서 성적이 잘 나오거나, 못한다고 해서 성적이 안 나오는 그런 과목이 아니니까요. 불쌍한 부모님들이여, 학생들이여, 선생님들이여.

2021년 전 국민 대상 독서 실태 조사에서 성인들이 독서하기 어려운 이유로 가장 많이 대답한 것은 '시간이 없어서'(26.5%), '책 이외의 다른 콘텐츠 이용'(26.2%)이었습니다. 먹고 살기 힘드니 책 읽을 시간이 없다는 것이죠. 그리고 제4차 산업혁명 시대, 최첨단 디지털 환경에서 종이책보다는 영상 매체의 이용률이 점차 증가하고 있는 것에 주목할 필요가 있습니다. 지금 우리만 해도 아침에 눈 떠서 밤에 눈 감을 때까지 스마트폰으로 무언가를 끊임없이 보고 있으니까요. '잠들기 전 유튜브 한판'이라는 말처럼 우리는 유튜브의 알고리즘(무한 재생 지옥)에서 쉽게 헤어나지 못하고 있습니다. 물론 전자책, 오디오북 독서율이 어느 정도 존재하지만, 조족지혈(鳥足之血), 창해일속(滄海一粟)에 불과합니다.

더욱이 '코로나19'로 인해 전 세계 팬데믹이 선언된 '뉴노멀(New Normal)' 시대를 맞이하여 세상 모든 것이 유례없이 변하고 있습니다. 이전으로 (영영) 돌아갈 수 없을 것이라는 예측이 난무하는 가운데, '넷플릭스(Netflix)' 구독자가 폭발적으로 증가했다고 하니 무료함을 달래기 위한 영상 매체는 그나마 우리 손에 들고 있는 책 또한 빼앗아갈 것입니다.

이렇게 우리는 누구의 잘잘못을 따지기 전에, 지금 독서할 수 없는 시대에 살고 있습니다. 인정할 것은 인정해야죠.

슬프지만,
슬플 시간도 없는 우리

고등학교를 졸업하거나 대학생이 되면 그래도 책을 좀 더 읽게 되지 않을까, 하고 섣부른 낙관을 하지만, 역시나는 역시나입니다. 요즘은 대학생이 세상에서 제일 바쁘죠! '코로나19'로 인해 모든 강의가 비대면(un contact)으로 진행되면서 대학생들은 과제 폭탄을 맞았고, 여전히 알바와 취업 준비에 정신이 없습니다. 휴학 몇 년은 기본이고, '졸업 유예'까지 하면서 본격적인 '취준생'의 삶이 시작되지만, 취업은 하늘의 별 따기입니다. 대학생과 취준생에게 책 따위를 읽을 사치는 허락되지 않죠!

그렇다면 취업에 성공(취뽀!)하거나 직업을 가지면 책을 읽을 여유가 있을까요? No, No. '먹고사니즘'에 정신없죠. 지하철에서 책을 읽고 있는 사람을 본 적이 있으신지요. 만화책, 무협지 말고요. 핸드폰만 보는 좀비(walking dead)가 걸어 다닙니다.

그럼 언제 책을 여유롭게 읽을 수 있을까요? 아마도 모든 생업에서 손을 떼고 노동하지 않아도 먹고살 정도의 형편이 되는 때가 되면 그제서야 책을 찾게 될 것입니다. 문제는 그때 책을 볼 만큼의 시력과 체력이 있는지는 의문입니다. 책이 아닌 유튜브와 같은 영상을 보게 될 확률이 (매우) 높죠.

결국 우리는, 초딩 때 읽었던 책들이 초딩 이후 평생 살면서 읽을 책보다 많을 것이라는, 인정하기 싫은 결론에 도달하게 됩니다. 그러나 한편으로는 '꼭 책을 읽어야 하나'하는 회의적인 관점도 존재합니다. 책이 아닌 다양한 매체, 특히 영상물로 충분히 학습할 수 있고, 지식을 습득하고 사유할 수 있으니까요. 그러나 문제는 영상물의 빠른 속도입니다. 쉴 새 없이 화면이 지나가는데, 깊은 사유와 폭넓은 지식 습득이 얼마나 가능할지는 알 수 없습니다. 말 그대로 (지적 대화를 위한) 얇고 넓은 지식 정도를 습득할 수 있을 뿐이죠. 슬프지만, 슬플 시간도 없습니다. 지금 당장 할 일이 무척 많기 때문입니다.

갑자기,
글쓰기

　　　　　　　　　자 그럼, '글쓰기'에 대해 생각해봅시다. 당신이 마지막으로 글을 썼던 것이 언제인지 떠올려보세요. SNS, 채팅, 이메일 제외하고 말입니다. 아니, 하루 중 종이에 펜이나 연필로 무언가를 적어본 일이 얼마나 될까요. 메모나 낙서도 포함됩니다. 사실, 저 역시 펜을 잘 들고 다니지 않습니다. 스마트폰이 있으니까요! 요즘에는 다양한 스마트폰 앱이 있어 짧게나마 일기를 쓰거나 메모할 수 있지만, 그것마저 귀찮습니다!

　더욱이 당신이 학창 시절에 글쓰기를 얼마나 해봤을까요. 독서와 마찬가지로, 초딩때 경험이 대부분일 것입니다. 수행평가로 독서 감상문 몇 번 써본 경험이 가장 최근일 것입니다.

　문제는 고딩 이후입니다. 대학 진학 또는 취업을 위해 무시무시한 '중2병'의 강을 건너 '문제 풀이-기계'가 되어 살아왔는데, 대학생이 되니, 갑자기 보고서와 리포트를 써야 합니다. (객관식) 문제를 잘 풀 자신은 있지만, 글쓰기라니요? '멘붕'과 '현타'가 동시에 올 수밖에 없습니다.

　최근 대학교 대부분은 '사고와 표현', '글쓰기' 등의 필수 교양과목을 운용하여 신입생에게 (급하게) 글쓰기 능력 향상을 요구하고 있습니다. 글쓰기 능력이 곧 사고 능력이기 때문입니다. 초중고 교과서가 아니라 본격적인 전문 학문을 배워야 하니, 그에 따른 높은 차원의 사고 능력이 필수로 요정될 수밖에 없죠. 저 역시 이러한 강의를 오랫동안 맡아 왔지만, (솔직히 고백하건대) 한 학기 또는 1년

만에 글쓰기 능력을 괄목할 만큼 향상한다는 것은 정말 어렵습니다. 강의자인 저도 문제지만, 강의를 듣는 수강생 또한 최선을 다해 강의에 따라와야 합니다. 쉽지 않죠.

글쓰기 능력이 사고 능력인 이유가 바로 여기에 있습니다. 글쓰기 능력의 향상을 위해서는 기본적으로 많이 읽고(多讀), 많이 써야 하며(多作), 많이 생각해야(多商量) 하는데, 이것을 단기간에 어떻게 할 수 있단 말인가요. 물론, 짧은 시간이나마 훈련시켜서 앞으로 글을 잘 쓸 수 있도록 자신감을 길러주고 유용한 방법을 알려준다는 점에서 의미는 있습니다. 문제는 시간! 그놈의 시간! 1학년 교양은 1학년에서 끝입니다! 고학년으로 진급할수록 취업에 가까워집니다. 고로, 글쓰기 훈련을 계속 유지할 시간이 없습니다!

문단 나누고, 개요 만들고, 중심문장 찾고, 문법 외우고, 글의 종류가 무엇무엇이 있다는 정도만 신입생 때 잠깐 배우는 것이 현 대학교의 현실이죠. 뼈아프지만 어쩔 수 없습니다.

자, 그럼 다 건너뛰고, 이제 취업을 준비할 때가 되었다고 칩시다! (잊고 있었던) 글을 다시 써야 합니다! 1학년 때 교양으로 들었던 글쓰기 훈련이 생각날 것이며, (중고 책으로 팔지 않았다면) 글쓰기 교재를 다시 보게 될 것입니다. 취업에 필요한 이력서와 '자기소개서(자소설)'를 써야 하기 때문이죠. 부랴부랴 자소서를 위한 컨설팅을 돈 내고 받거나, 여기저기 자소서를 쓰기 위한 강의와 커뮤니티에 기웃거리며 머리를 쥐어짜게 되는 게 일반적인 대학생의 라이프 스타일입니다.

왜 대학교에서는 졸업할 때까지 글쓰기를 가르치지 못할까요.

답은 뻔하죠. 먹고사니즘. 먹고살기 위한 학문, 취업을 위한 학문, 자격증이 되는 학문을 익히는 데 모든 시간과 정성을 투자해야 하기 때문입니다. 덤으로 '인턴-기계'도 되어야 합니다.

기업에서는 왜 자소서를 받을까요. 앞서 언급했듯이 글쓰기 능력이 사고 능력이기 때문입니다. 그 사람의 수준은 글만 봐도 쉽게 알 수 있죠. 제가 잘 아는 인사채용 담당자가 제게 이런 말을 했습니다. 이력서와 자소서를 보는 시간은 '김 굽는 속도'와 같다고. 적당히 빨리 본다는 말이죠. 근데, 그렇게 빨리 봐도 실력 있는 자는 금세 알아볼 수 있다고 합니다.

저 역시 그 말에 동의합니다. 저 역시 종종 백일장이나 각종 문학상 심사를 맡게 되는데, 저 또한 김 굽는 속도 만큼 글을 봐도 심사가 가능합니다. 몇 문장만으로도 그 사람의 실력을 쉽게 알 수 있으니까요. 좋은 문장이라고 생각되면 글을 끝까지 읽지만, 나쁜 문장, 기본도 안 된 문장이 보이면, 끝까지 글을 볼 필요도 없습니다.

그러니까, 독서는 둘째치고 글 쓸 일 거의 없이 학창 시절을 보내왔는데, 갑자기, 난데없이 글쓰기 할 상황이 도래했습니다! 대학교 4년 내내 각종 보고서와 리포트 작성에 하얗게 밤을 지새울 것이며, 자소서는 또 얼마나 고치고 고쳐야 취업에 성공할까요. 취업해도 문제. 직종에 따라 다르지만, 직장에서 써야 할 보고서와 프로젝트 기획안은 또 얼마나 많을까요. 대학교 졸업할 때까지, 취업할 때까지, 승진할 때까지, 인생 졸업할 때까지! 글쓰기는 끈질기게 우리를 괴롭힐 것입니다.

독자보다
작가가 더 많은 시대

그런데 또 한편으로, 요즘에는 다양한 글쓰기 플랫폼 덕분에 모든 사람이 글을 쓸 수 있고, 책을 (쉽게) 낼 수 있습니다! '독자보다 작가가 더 많아졌다'는 우스갯소리를 심심치 않게 들을 수 있죠.

서점에 한 번 가보세요. 글쓰기 관련 책들이 아예 서점 한 코너를 차지하고 있습니다. 대부분의 글쓰기 책은 '이 책 한 권이면 당신도 글을 쉽게 쓸 수 있습니다'라는 호언장담을 깔고 시작하지만, 과연 그러한지는 의문입니다. 글을 쓰기 위한 태도부터 마인드, 다양한 방법(스킬)을 알려주고 있지만, 그것이 모든 사람에게 적용 가능한 것인지, 효과적인지는 그 누구도 알 수 없습니다. 다만 글을 쓰기 위한 용기를 불어넣는 데에는 충분해 보입니다.

그러나 용기는 용기일 뿐. 용기를 불어넣어도 글쓰기를 지속하지 않는다면 하나 마나 한 소리죠. 우리는 메모와 일기의 중요성, 누구나 글을 쓸 수 있다는 식의 이런저런 TV 프로그램이나 강연을 쉽게 접하게 되고, 늘 새해가 되면 작심삼일을 시행해보지만, 얼마 가지 못합니다. 내 습관이 되지 못하기 때문이죠! 몇 장 쓰다만 일기장, 메모장, 노트가 집안 한구석에 없는 사람은 없을 겁니다. 하도 처박아 두어서 어디 있는지 모르는 게 문제죠.

SNS를 비롯해 블로그, 카카오 브런치 등 다양한 매체를 통해 매일 새로운 작가가 탄생하는 시대. 여기저기 글쓰기 강연도 넘치고, 글쓰기 관련 유튜브 영상도 많습니다. 매일 쏟아지는 글쓰기 안내서도 상당합니다. 저도 1권 이미 썼고, 또 이렇게 1권 더 쓰고 있으니까요.

서평과 논문은
공부의 기본, 대학 생활의 기본

그렇다면, 우리가, 아니 제가, 그들과 다른 점은 무엇일까요. 다른 점은 둘째치고, 계속 글을 쓰려면 어떻게 해야 할까요. 제가 이 책을 써야겠다고 작심한 이유가 바로 여기에 있습니다.

오랫동안 대학교에서 '사고와 표현', '글쓰기' 등의 과목을 강의하면서, 청소년이나 일반 성인을 상대로 하는 인문학 강의 등을 맡으면서 늘 답답하고 안타까운 점이 있었습니다. 그것은 바로 글쓰기의 방법과 이론만 서둘러 주입한다는 것이죠. 대학교는 말할 것도 없고, 심지어 일반 성인을 위한 강좌에서도 마찬가지입니다. 글쓰기는 이런저런 종류가 있고 이런저런 이론이 있습니다, 이렇게 하면 글을 잘 쓸 수 있습니다, 이런 기술을 쓰면 됩니다 등 서둘러 결과물을 도출하려는 데 급급합니다. 특히 대학교에서는 글쓰기 결과물로 성적을 매기거나 취업을 위한 자소서를 만들어내는 일에 사활을 걸고 있습니다. 그만큼 먹고살기 힘들다는 말이죠. 먹고살기 힘들다는 말은 그만합시다. 마음 아프니까요.

그래서 제가 이렇게 책을 쓰게 되었습니다. 당신은 당장 서평과 논문을 써야 하는데, 그동안 책을 많이 읽지도 못했고, 쓰지도 못했습니다. 갑자기 글을 써야 하는 상황이 당신에게 가장 먼저 대학 생활의 어려움이 될 것입니다. 공부는 책과 글을 읽고 자기 논리를 글로 제시하는 일이니까요. 공부의 기본을 모르는데, 어떻게 전공 공부를 하고 자기의 커리어를 쌓을 수 있겠습니까.

서평은 책을 읽고 이해하는 작업이고, 논문은 자기의 연구를 제시하는 작업입니다. 서평과 논문은 글쓰기 방식에서 조금 다른 차이를 갖고 있지만, 서로 연관된 것도 사실입니다. 서평을 못 쓰는 사람이 어찌 논문을 쓸 수 있을까요. 다른 사람의 논리를 따라가지 못하면 나 역시 논리를 만들어갈 수 없습니다.

따라서 이 책은 당신의 대학 생활에서 가장 중요한 글쓰기 중 하나인 서평과 논문 쓰기 능력을 일정 수준 이상으로 키워드리고자 합니다. 물론 당신이 이 책을 잘 따라와 주신다면요. 이 책은 그동안 글쓰기 경험이 거의 없고, 책도 거의 읽지 못한 심각한 상태에서 시작합니다. 하나씩 하나씩 차례로 알려드리겠습니다.

이제 우리 함께 써봅시다. 저도 당신과 함께 쓰겠습니다.

서평의 모든 것

 서평이란
무엇인가

서평이
무엇이길래

　　서평의 정의부터 빠르게 살펴보겠습니다. '서평(書評)'이라는 단어는 '글 서(書)'에 '평할 평(評)' 자를 쓰고 있습니다. 말 그대로 '글을 평가한다'는 뜻이죠. 영어로는 '북리뷰(book review)'. 책에 대해 글을 쓴다 혹은 책에 대해 평가한다, 책을 다시 본다는 뜻이 있습니다. 다시 말해 서평은 '책의 내용과 특징을 소개하거나 책의 가치를 평가한 글'이라는 사전적 정의에서 알 수 있듯이, 책을 소개하는 임무를 맡은 동시에, 책을 평가하는 글이 바로 서평입니다. 물론, 책을 읽고 쓴 글에는 독후감도 있고 리뷰도 있고 비평문도 있고 블로그 글 등 매우 다양한 글쓰기가 있습니다.

　　그런데 우리는 대체로 '독후감(讀後感)'을 서평으로 생각합니다. 왜냐하면, 우리의 서평 경험은 학창 시절 숙제나 수행평가용 독후감이 전부였거든요. 어렸을 때 '독서논술학원'에 다닌 경험이 있으신 분들도 계시겠지만, 독서논술학원에서 우리가 배운 것은 독서 노트 혹은 독후감 쓰기 요령에 지나지 않습니다. 학원에 있는 시간만이라도 아이가 (제발) 독서하기를 바라는 부모님의 간절한 마음이 더 큰 것이 사실이죠. 영상매체의 발달로 인해 요즘은 더 심해졌습니다. 매일 부모들은 아이들과 유튜브로 싸웁니다.

사정이 이러하니, '논술'이라고 배우긴 해도, 우리는 그동안 논술이 아니라 독후감을 배웠고 썼습니다. '국영수과사'만 학창 시절 내내 공부했는데, 프랑스의 논술형 대입자격시험 바칼로레아(Baccalaureate)처럼 현실의 다양한 문제에 얼마나 철학적인 글을 쓸 수 있겠어요? 한국 대학교의 입시 논술시험은 독후감을 얼마나 잘 쓰느냐에 성패가 달린 것 같습니다.

그러므로 우리는 모두 '독후감러(ler)'라 할 수 있습니다. 우리들 누구나 독후감을 써본 적 있고 쓸 줄 압니다. 모두가 숙제(수행평가)와 독서논술학원 덕분입니다. '라떼는 말이야'하고 한마디 더 거들자면, 제가 초중고등학생 때만 해도 독후감 쓰기는 단골 숙제이자 방학 과제였습니다. 부랴부랴 형편없이 독후감을 써냈던 개학 전날 밤들이 떠오릅니다.

우리의 독후감에 대한 경험은 대체로 학교나 학원에서 시켜서 어쩔 수 없이 하는 일이었습니다. 우리가 자청해서, 우리가 하고 싶어서 독후감을 쓴 적은 '거의' 없다고 해도 틀린 말은 아닐 것입니다. 물론 책 읽는 것을 '정말' 좋아해서 스스로 독서 노트를 쓰신 분도 '간혹' 계실 겁니다. 극히 극소수에 해당하겠죠. 우리는 지정된 책을 억지로 읽고, 줄거리 99%에 '영끌'한 감상 1%를 섞어 독후감을 완성해냈습니다. 줄거리 요약만 하면 좀 없어 보여서, 마지막 단락에 그래서 나는 이 책이 좋았다, 별로였다 등 간단한 소회를 적어내는 거죠. 책 줄거리는 인터넷에 검색하면 바로 나오는 것이니, '복붙'하면 그만. 그래도 인터넷에 떠도는 글만 '복붙'하면 문제 생길 수 있으니까, 진짜 영혼까지 끌어모아 겨우겨우 감상평을 써냈습니다. 그렇게 우리 모두 '독후감러'입니다.

따라서 우리는 서평을 쓰라고 하면 독후감을 쓰게 되었습니다. 누굴 탓할 것도 없습니다. 누구 잘못도 아닙니다. 그렇게 배워왔으니까요! 서평에 대해 정확히 배운 적도 없고 정확히 써본 적도 없습니다. 그런데 우리는 '느낌적인 느낌'으로 알고 있습니다. 서평은 독후감과 어느 정도 다르다는 것을요. 물론, 어떻게 다른지는 '정확히' 모릅니다. 혼란할 뿐입니다.

그래서 제가 이렇게 준비해보았습니다. '서평 뽀개기'. 서평, 제가 제대로 알려드리겠습니다. 잘 따라오시길.

서평
VS 독후감

먼저, 서평과 독후감의 특징을 간단하게 짚고 넘어가겠습니다. 독후감을 피해 가면 서평이 되니까요. 당신도 체크해보세요. 그동안 당신이 무엇을 써왔는지요.

서평은 타인에게 특정한 책을 소개하는 글입니다. 당신도 잘 알고 있을 겁니다. 어떤 책이 너무 좋아서 그 책을 '꼭' 소개하고 싶어서 쓰는 글이 서평입니다. 반대로, 정말 책이 별로라서 '비추'하기 위해 글을 쓸 수도 있습니다. 반면에, 독후감은 내 '느낌'을 정리하는 글입니다. 책을 다 읽었는데 너무 좋았어요. 감동의 쓰나미가 저 멀리에서 몰려옵니다. 그래서 그 감동을 잊지 않기 위해 글로 적는 것이 바로 독후감. 혹은 자기계발서를 읽고 나도 앞으로 이렇게 살아야겠다 하고 다짐을 적기도 합니다. 여기서 중요한 것은, 독후감은 독자가 없습니다. 아니 1명 있네요. 글쓴이 혼자요. 그러나 서평은 독자가 반드시 있습니다. 책을 소개해야 하니까요. 다수의 독자를 향해 글을 쓰는 것이 서평입니다.

그러므로 서평은 객관적인 평가를 강조합니다. 보다 객관적일수록 독자의 호응을 끌어낼 수 있습니다. 지나치게 주관적인 논평이 글에 가득하다면, 독자가 외면할 가능성이 큽니다. 그러나 독후감은 상관없습니다. 내가 이렇게 느꼈다고 하니, 누가 뭐라고 하겠어요. 나 혼자 볼 건데 말입니다. 독후감은 주관적 감상만 중요합니다. 그래서 독후감은 책을 '대충' 읽어도 가능합니다. 대충 읽었는데도 할 말이 많으면 진짜 그 책은 좋은 책이겠네요.

반면에 서평은 아주 꼼꼼히 정독해야 합니다. 한번 대충 읽고 바로 서평 쓰는 것은 솔직히 불가능하죠. 그래서 우리가 독후감을 쓰는 겁니다. 꼼꼼하게 읽을 시간도 없고, 정독할 여유도 없거든요! 우리가 시간만 많으면 서평 잘 쓸 자신이 정말 있습니다. 시간이 없으니 어쩔 수 없이 독후감을 쓰는 거죠. 정말 안타까울 따름입니다.

서평	독후감
남에게 책을 소개하는 글	내 느낌을 정리하는 글
독자가 반드시 있음	독자가 없을 가능성이 큼
객관적 평가를 강조	주관적 감상을 강조
꼼꼼히 정독해야 함	대충 읽어도 가능

서평에 대한 오해

자, 그럼 서평이란 무엇인지 보다 깊게 파고 들어가 보겠습니다. 서평을 아주 간단하게 요약한다면, '책을 소개하는 글'이라고 할 수 있습니다. 아주 간단명료하죠. 이때 책을 소개하는 일은 다음의 두 가지 일을 겸비하고 있습니다. 첫째는 책의 가치와 의미를 평가하는 일이고, 둘째는 책을 남에게 추천하거나 비추천하는 일입니다. 그 책이 가치가 있고 의미가 있으면 당연히 남에게 추천하는 글을 쓸 것이고, 가치도 없고 의미도 없으면 비추천하겠죠. 간단합니다.

서평이 독후감과 다른 점이 바로 이 지점이죠. 독후감 역시 책의 가치와 의미를 평가할 수 있지만, 기본적으로 남에게 책을 소개하는 데까지는 나아가지 않습니다. 나의 감상에 머무르는 거죠. 쉽게 말해, 서평은 지인에게 '소개팅'을 주선하는 일과 같습니다. 내 단짝 친구에게 소개팅을 주선할 정도로 좋은 친구, 좋은 책이 있는 거죠. 물론 '손절'하려고 좋지 않은 친구를 소개해주는 경우가 인터넷 상에 떠돌기도 합니다만. 어쨌든 서평은 소개팅과 같습니다. 기억해 두세요.

그런데 서평에 대한 대단히 잘못된 오해가 하나 있습니다. 그 것은 바로 서평은 장점만 드러내거나 단점을 찾기 위해 '개고생'해야 하는 것 아닌가 하는 오해입니다. 없는 장점도 만들어내고, 여기저 기 꼬투리 잡아서 단점을 찾아내는 그런 일을 하는 것이 서평이 아 닌가하고 말이죠. 대체로 쉽게 하는 실수입니다.

그러나, 장점만 강조하는 것은 우리가 출판사 홍보단이나 댓글 알바도 아닌데, 굳이 할 필요 없는 일입니다. 돈 받고 포스팅한 맛집 블로그 같은 느낌. 이 느낌 아시죠? 장점만 나열하면 꼭 그렇게 되기 쉽습니다. 그렇다고 해서 단점만 강조하면 '지식인이 세계에 가하는 복수'(수전 손택)가 되기도 합니다. 쓸데없이 지나친 해석으로 텍스 트를 쥐어짜는 일 역시 윤리적이지 못합니다.

다시 말해 서평은 비평과 같아서, 콘텐츠의 가치를 분석하여 평 가하는 것입니다. 마치 음악이나 춤 경연 프로에서 '제 점수는요'하 고 말하는 것처럼, 가치를 정확하게 분석하고 평가하는 일이 비평이 고, 책을 소재로 하는 비평이 바로 서평입니다.

여기서 우리는, 또 쉽게 오해합니다. 비평은 모질게 해야 좋다 고 말이죠. 즉, 비판에 대한 어떤 동경이 있습니다. 모질고 야박한 점수를 줄수록 전문가 같은 '느낌적 느낌'이 있나 봅니다. 그러나 '비 평(批評)'이라는 단어를 보면 알겠지만, '비평할 비(批)'에 '평할 평 (評)'. 비판(批)하는 것 역시 평가(評)의 일부입니다. 좋고 나쁨, 옳고 그름을 판단하는 것 모두가 비평에 속합니다. 비판만 중요한 것이 아니라는 거죠. 물론 여기서 비판과 비난은 구분할 줄 알아야 하며, 비난을 비판으로 혼동하면 안 됩니다.

따라서 우리는 서평이 책(콘텐츠)의 가치와 의미를 평가하는 일임을 알고 보다 '객관적'으로, 보다 '전투적'으로 서평에 임해야 합니다. 물론 처음부터 잘하는 사람은 없습니다만, 이 책을 모두 읽고 나면 당신은 이미 '서평러'가 되어 있을 겁니다. 제가 장담합니다!

대체로 당신은 '어쩔 수 없이' 과제(리포트)로 서평을 쓰게 될 확률이 매우 높겠지만, 그래도 서평을 써야 하는 이유쯤은 알아야 할 것 같아 준비했습니다. 서평의 수백 가지 장점 중 5가지만 선정해서 '서평 개이득'을 알려드리겠습니다. 정말 장점이 많지만, 이 5가지면 충분합니다. 서평 관련한 책을 모두 사서 읽은 끝에 정리한 5가지이자, 제 나름의 생각에 의한 것입니다. 하도 이런저런 책을 많이 봐서 어떤 책에 수록되었는지 기억도 잘 나지 않습니다만. '서평 개이득' 출발합니다. 밑줄 치며 읽으시길.

1.

암기와 구글링 공부 가운데
균형을 잡아준다

옛날에 우리 한국 사람들은 천자문부터

시작해 사서삼경을 다 외웠고, 서양사람들은 성서(성경)와 그리스 고전을 줄줄 외웠습니다. '무조건' 외워야 했습니다. 특히 우리는 학창 시절에 수학 공식이든 한국 역사든 문학 작품 해석이든 간에, 뭐든지 다 '딸딸' 외워야 했습니다. 무조건 외워야 했던 '20세기 공부'를 그동안 해왔던 거죠.

그런데 갑자기 '제4차 산업혁명' 혹은 '정보 혁명'의 시대가 도래하면서 우리는 외울 필요가 없어졌습니다. 특히 대학생이 된 이후에 우리의 공부는, 무언가를 외우는 것보다는 특정한 정보와 자료를 찾아서 수집하고 재배열하는 일을 하게 되었습니다. 이제 우리는 구글링과 검색으로 특정한 결괏값을 얻기 위해 다량의 데이터를 새로 조직하는 '21세기 공부'를 하게 되었습니다.

그러나 문제는, 구글링만 하다 보니 정보와 지식이 무한 확장되어서 인식의 갈피를 잡기 어렵습니다. 암기는 그나마 정해진 분량이 있었죠. 하지만 우리가 살고 있는 이 시대의 정보는 끝이 없습니다. 모든 것을 다 공부할 수 있게 되었으니, 아무것도 공부하지 않게 되는 역설에 처하게 되었습니다. 선택지가 무한하니, 길을 잃는 거죠. 결국, 이런저런 정보를 찾다가 (슬프게도) '짤'이나 유튜브 영상만 보다 끝나는 것이 바로 구글링 공부입니다.

이런 '20세기 공부'와 '21세기 공부' 사이의 균형을 잡아주는 것이 바로 서평! 길을 잃지 않도록, 정보량이 넘치지 않도록 잡아주는 것이 바로 책 그리고 서평입니다. 네이버와 구글 등에 떠다니는 것을 잡아주는 '무게중심' 역할을 하는 것이 서평입니다. 적당한 정보를 주고, 적당한 문제를 찾게 하는 것이 바로 서평입니다. 암기도 문제지만, 떠도는 것도 문제입니다. 그 가운데 균형을 잡아주는 것이 바로 책이자 서평입니다.

2.
공부의
기본이다

공부를 하려면 정보가 있어야겠죠? 그 정보는 어디에 있을까요? 바로 글과 책에 있습니다. 물론 어떤 학과는 글과 책이 아닌 실험이나 다른 형태에서 정보를 얻기도 하지만, 대체로 공부를 하기 위한 정보들은 모두 글과 책에 저장되어 있습니다. 따라서 글과 책을 읽고 서평한다는 것은, 공부하는 과정 자체, 지식을 만들어가는 과정 자체라고 할 수 있습니다. 논리적인 과정을 거쳐야 하니까요.

다시 말해, 서평은 정보를 지식으로 바꿔주는 '지적 생산 과정'입니다. 따라서 서평은 공부의 '기본 of 기본'입니다. 누대를 거친 인간의 모든 지적 재산이 글과 책으로 집적되어 있고, 그것을 읽고 글을 쓴다는 것은, 그와 같은 지적 재산의 생산 과정에 직접 참여하는 일이라 할 수 있죠.

서평을 잘할수록 공부 역시 잘할 수밖에 없습니다. 책을 잘 읽지 못하고 난독증에 걸린 사람이 공부한다는 것은 거의 불가능합니다. 내가 어떤 책을 읽었는데 하나도 모르겠다고 한다면, 둘 중 하나입니다. 책이 진짜 어렵거나, 내가 이해를 못 하거나. 이해를 못 한다는 것은, 공부 머리가 없다는 뜻이겠죠. 공부는 책으로부터 시작하고, 서평을 통해 공부가 (오래) 지속합니다. 아주 중요한 문제입니다. 앞으로 당신은 공부를 많이 해야 하죠? 그렇다면, 서평은 기본입니다!

3.
개인의 능력을
성장(UP)시킨다

서평 쓰기는 이 세상 지식과 접속하는 일입니다. 따라서 학과 전공과 관련한 능력이든, 다양하고 잡다한 능력이든 간에, 서평을 오래 하거나 서평 능력이 출중한 사람은 곧, 그만큼 실력을 쌓았다고 말할 수 있습니다. 왜 취업 자소서나 면접 중에 책과 관련한 질문을 하겠어요? 그 사람의 실력이 서평에 있습니다! 이때의 질문은 다음의 세 가지를 점검하려는 의도가 아닐까 합니다. 첫째는 이 사람이 자주 독서를 하는 사람인가. 둘째는 이 사람이 얼마나 수준 높은 책을 읽었는가. 셋째는 이 사람이 이 책을 얼마나 깊이 있게 읽었는가.

결국, 서평은 개인의 실력 향상에 크게 이바지합니다. 당신의 관심사와 전공 관련 책도 그렇지만, 당신 관심사나 전공과 무관한 책도 '최대한' 많이 읽으세요. 저도 잡다하게 이것저것 닥치는 대로 읽고 씁니다. 물론, 서평의 방식은 다양합니다. '각잡고' 서평을 쓸 필요는 없습니다. 하다못해 일기에 쓰거나, 블로그, SNS 등에 서평을 올리는 것도 '괜춘'합니다. 당장은 도움이 안 될 것 같죠? 그러나 '결국' 세상 살아가는 다양한 지식과 지혜를 책에서 얻게 됩니다! 더욱이 서평 쓸 때 사유할 시간을 확보할 수 있어 '깊이 있는 사람'이 되는 데 큰 도움이 됩니다.

이제, '멀티 태스킹(multi-tasking)'을 넘어 '멀티 라이핑(multi-lifing)'으로 살아야 하는 당신과 저는 '최대한' 다양한 능력을 갖추고 있어야 합니다. 문과, 이과가 중요한 게 아닙니다. 문과가 이과스런 능력을 갖추고 있어야 하고, 이과가 문과스런 능력 혹은 아이디어를 갖추고 있어야 합니다. 스펙 쌓는 것도 좋고, 인턴 활동하는 것도 좋지만, 당신의 궁극적인 능력을 '업글'할 수 있는 서평은 반드시 당신이 안고 가야 합니다. 세상은 이런 실력 향상을 '자기계발'이라고 말합니다만, 저는 이 말을 그다지 좋아하지 않습니다. '성장(upgrade)' 혹은 '향상(improvement)'이라는 말을 저는 더 좋아합니다.

4.

취향과 관점을
만들어준다

이런저런 책을 읽다 보면, 내 취향이 만들어지고, 또 그에 따른 관점이 형성됩니다. 모든 것을 다 좋아하거나 관심 가질 수 없잖아요. 개인의 성향에 맞는 책들을 더 찾아 읽게 되고, 그러면서 자연스럽게 취향이 만들어집니다. 좀 더 '고급진' 말로 하면, 나만의 세계관이 만들어지는 거죠.

그렇게 서평을 통해 우리는 '사유의 힘'을 기를 수 있습니다. 게임에서는 '지력(intelligence)'이라고 말하죠. 마치 〈삼국지〉에 나오는 제갈공명의 '지력 100'처럼 말입니다. 사유의 힘을 기를수록 지력이 높아지고, 지력이 높아질수록 통찰력과 창의력이 높아집니다. 남들과 전혀 다른 세계에 사는 거죠.

남들 하는 대로 똑같이 사는 것과 자신만의 독창적인 관점을 갖고 확고한 취향대로 삶을 살아가는 것은 차원이 '아예' 다릅니다. 이것은 성공의 문제가 아닙니다. 층위가 다릅니다. 보다 돈을 덜 벌고 남들에게 주목받는 일을 하지 못하더라도, 나만의 방식과 나만의 라이프 스타일이 있다면 그것으로도 이미 충분하지 않을까요. 우리가 잘 못 하고, 잘 못 보는 부분이 바로 이 부분입니다!

지금, 당신 스스로 질문해보세요. 확고한 취향과 관점이 있는지. 있으면 참 다행이지만, 없다면 큰일입니다! 어서 찾으셔야 합니다. 어디서 찾냐고요? 바로 당신 책장에 꽂혀 있는 책에서 찾으시면 됩니다. 집에 책이 없다고요? '지금 당장(right now)' 도서관에 가시거나 서점에 가시길 바랍니다!

5.
살아갈 힘을
얻게 한다

다양한 지식과 지혜를 가진 사람은 갑작스러운 삶의 문제 앞에서 당황하지 않습니다. 어떤 책에서 본 것 같거든요. 서두르지 않습니다. 제가 어느 책에서 본 문장이 하나 있습니다. 정확히 기억나진 않지만, 대충 이런 문장이었습니다.

"소설책을 읽는 이유는, 사람은 한 사람의 인생만 살기 때문이다. 다른 수많은 인생을 살기 위해 소설책을 읽는다."

우리는 책을 통해 다양한 문제를 접할 수 있습니다. 해결책도 함께 접할 수 있죠. 더욱이 사유의 힘도 길러지고 있으니, 삶을 살아가기에 서평은 많은 도움이 됩니다. 물론 명확한 해결책이 책에 대놓고 쓰여 있지'는' 않습니다. 다만, 그 책을 통해 생각할 수 있고, 또 그 생각하는 힘들이 차곡차곡 쌓여서 지혜롭게 삶을 살게 합니다. 책만 읽지 않고 서평까지 '제대로' 쓰면 그 효과는 몇 배가 되겠죠!

여기에 '보너스'로 서평은 스트레스 해소에 도움이 됩니다. 우울하거나 마음이 좋지 않을 때, 책만큼 좋은 게 없습니다. 마음을 안정시키고 차분하게 기분을 가라앉힙니다. 문제에서 한 발짝 떨어져 문제를 객관적으로 보게 하니까요. 나 자신 또한 객관적으로 보게 합니다. 한숨 돌리는 거죠. 더욱이 글을 쓰게 되면 더욱더 삶의 문제와 나 자신의 문제를 보다 객관적으로 바라볼 수 있게 합니다. 나도 모르게 삶의 문제가 정리되면서 반성하게 되는 거죠.

이를 세상에서는 '힐링(healing)'이라고 말하지만, 저는 힐링이라는 단어도 그다지 좋아하지 않습니다. 자본주의가 잘 써먹는 광고 카피거든요. 어디든 다 힐링을 갖다 붙이니까요. 어쨌든 서평은 살아갈 힘을 얻게 합니다.

이처럼, 제가 간단하게 서평의 수백 가지 장점 중 5가지만 꼽아보았습니다. 더 많은 장점이 있지만, 분량 조절을 위해 여기까지만 하겠습니다. 아마 당신께서 이미 다 알고 있을 것 같기도 합니다. 당신이 서평을 써야 할 이유는 차고도 넘치죠.

그렇지만 당신을 비롯해 우리는 서평을 쓰지 않습니다. 왜요?

시간이 없으니까요? 왜 시간이 없을까요? 여유가 없고 바빠서요? 왜 바빠요? 당신을 비롯해 우리는 왜 '항상' 여유가 없고 바쁜지 생각해 보셨으면 합니다.

어떤 책에서 이런 문장을 보았습니다. 우리가 인터넷에 접속하는 시간이 많을수록 불행할 가능성이 크며, 가난할 확률이 높다고요. 왜일까요? 그렇다면, 행복한 사람이나 부자는 인터넷에 접속하는 시간이 짧다는 이야기인데, 그럼 그 시간에 그들은 무엇을 할까요? 아마도, 그들은 끊임없이 자신을 관리하며 사람을 만나고 책을 읽으면서 자신의 성장을 위해 시간과 돈을 아낌없이 투자하지 않을까요? 분명하게 시사하는 바가 있습니다.

당신이 오늘 온종일 어떤 일에 가장 많은 시간을 투자했는지, 한번 헤아려보시길 바랍니다.

이제, 당신은 서평을 써야 합니다. 제대로 시작해볼까. 책상 앞에 앉았습니다. 책을 꺼내 들었습니다. 책에 대해 평가를 하면 되니까 자, 책을 평가해보자. 그런데, 그런데, 무엇을 어떻게 평가하지? 심지어 마감이 내일인데? '멘붕'입니다.

급하게 책장을 넘겨봅니다만, 무엇부터 써야 할지 도통 감이 오지 않습니다. 일단 급한 마음에 구글링을 하면서 네이버 지식인, 위키백과, 블로그 등을 찾아봅니다. 책 리뷰나 줄거리는 차고 넘치죠. 일단 '복붙'. 그러나 이 글이 서평이 아닌 '독후감'이라는 것은 당신도 알고 하늘도 알고 있습니다! 그런데 어째요, 내일이 마감인데. 영혼까지 끌어 올려 '한 꼬집' 평가를 넣어봅니다. '참 좋은 책이다'라고 말이죠. 왜 좋은지는 '느낌적'으로 알겠으나, 글로 쓰지는 못합니다. 왜 그런 상품 광고 있잖아요. 참 좋은데, 참 좋은데 말로 설명 못 하겠다고 말이죠.

책에 대한
이해

　　　　서평을 앞두고 가장 먼저 우리가 난관에 부딪히는 것은 바로 '책에 대한 이해'입니다. 마감 전날이라 책이 눈에 들어오지도 않지만, 미리 책을 읽는다고 해도, 솔직히 말해 무슨 말인지 '1도' 모르겠습니다. 이해가 안 되니 책을 보기가 싫고, 책을 보기가 싫어서 끝까지 개기고 개기다가 결국, 마감 전날 책을 펴는 거죠. 저도 그랬습니다. '내가 무식해서 나만 이해 못 하는 건가? 에이, 아니겠지. 남들도 다 나처럼 똑같이 이해 못 하겠지. 책이 너무 어려운 것 아냐? 남들도 다 모르겠지?' 남들도 나와 같이 모를 것으로 생각하면서 자신을 위로합니다. '희망 회로'를 돌려봅니다. 책을 이해할 수 없으니, 서평은 보나 마나 뻔하겠죠.

　　그렇다고 해서 책을 미리 차근차근, 차분하게 읽어갔으면 이해가 조금은 됐을까요? 안타깝게도 그것도 장담하기 어렵습니다. 그러니까 아예 책을 미리 읽는 것을 포기하는 겁니다. 미리 읽으나, 마감 직전에 읽으나 어차피 모르니까요. 답이 없습니다. 이러나저러나 '멘붕'입니다.

　　그래서 결국, 우리는 딴짓을 합니다. '고급진' 언어로 '워밍업(몸 풀기)'이라고 말하죠. 서평에 집중하기 위해 몸을 좀 데울 필요가 있습니다. 게임 딱 한 판만, 유튜브 딱 한 시간만, '덕질' 딱 한 시간만, 쇼핑 딱 한 시간만. 그러나 시계를 보면 벌써 새벽 두세 시입니다. '폭망'했습니다. 이제 진짜 시간이 없습니다!

독서에도 단계가 있습니다. 이때의 단계는 책에 대한 이해의 단계입니다. 이 단계를 잘 숙지해야 서평을 제대로 쓸 수 있습니다. 눈 크게 뜨고 잘 살펴보시길. 여태 우리는 독서 단계에 대한 이해가 없었기 때문에 서평을 제대로 '못' 쓴 겁니다! '안' 쓴 게 아닙니다!

독서는 크게 3단계가 있습니다. 바로 '감상의 단계', '비평(평가)의 단계', '학술(학문)의 단계'.

가장 먼저, 그 누구나 쉽게 책을 접하게 되는 '감상의 단계'가 있습니다. 즐거움과 '킬링타임'을 위해 책을 보는 거죠. '딱히' 책을 읽어야 하는 목적이 있지는 않습니다. 그냥 책을 좋아하거나, 무료한 시간을 달래주기 위해 혹은 킬링타임을 위해 책을 읽습니다. 그저 재미있고 즐겁고 뭔가 배워가면 그만. 더 바라는 게 없습니다. 요 단계가 딱, 독후감의 단계입니다.

감상의 단계를 넘어 '비평(평가)의 단계'가 있습니다. 책의 내용을 평가하고 책의 가치를 따져보는 단계입니다. 네, 그렇습니다. 서평의 단계죠. 남에게 소개할 가치가 있는지를 판단하기 위한 단계입니다. 감상의 단계에서 더 나아간 것이니, 책을 한번 읽어서는 이 단계에 도달할 수 없습니다. 못해도 두세 번은 읽어야 비평의 단계에 이를 수 있습니다.

마지막 단계가 바로 '학술의 단계' 혹은 '학문의 단계'입니다. 여기까지 오면 이제 거의 전문가의 영역입니다. 책을 소개하는 정도가 아니라 책을 학술적으로 펼쳐내는 글입니다. 시중에 돌아다니는 글과 책이 아닌, 거의 연구의 영역에 해당하죠. 우리가 그다지 볼 일이 없는 영역입니다.

자 그렇다면, 서평을 위해 우리가 있어야 할 영역은 어디일까요. 바로 '비평의 단계'죠. 그런데, 우리는 '어쩔 수 없이' 감상의 단계에 머물거나, 너무 어깨에 힘을 줘서 학술의 영역까지 가려고 합니다. 그러나 오늘 당신께 말씀드립니다. '딱 중간만' 하면 됩니다. 감상에 머물면 독후감이고, 학술로 가면 안드로메다! 서평이 너무 학술적일 필요가 없습니다. 감상에 머물러서도 안 됩니다. 그 중도를 잘 지키셔야 합니다. 물론, 쉽진 않습니다.

중간만 하면 되는
서평

저는 오늘 당신께 말씀드립니다. 서평은, '딱 중간만' 하면 됩니다. 더 잘할 필요도 없습니다. 자 그럼, 이 세 단계를 하나씩 조금 더 살펴보겠습니다.

가장 왼쪽에 있는 감상의 단계. 일반 독서의 단계입니다. 책을 읽고 감동을 하거나, 마음에 울림이 있거나, '나 이제 이렇게 살면 안

되겠어’ 하면서, 자리를 박차고 일어나게 하는 그런 단계입니다. 마음이 먼저 움직이는 단계죠. 대부분의 독서가 이 감상의 단계에 해당합니다. 물론 독서가 이 단계에 머문다고 해서 자책하거나 욕할 필요는 없습니다. 가장 자연스러운 단계니까요.

문제는 독서가 이 단계에만 머물면 서평에는 그다지 도움이 안 된다는 점에 있습니다. 이 단계에서 글은 감상문, 독후감까지만 가능합니다. 서평은 책을 보다 면밀하게 살펴봐야 하니까요. 여기서 좀 더 치고 나가야 합니다. 더 읽어야 합니다. 물론 쉽지 않죠.

그리고 가장 오른쪽에 있는 학술의 단계. 전문 독서의 단계입니다. ‘대학원생 전용’ 서평입니다. 저도 대학원 생활을 했지만, 대학원 강의 대부분이 어떤 책을 읽고 요약해 오거나 자기 생각을 글(논문)로 써오는 일로 진행됩니다. 그런데 여기서 바로 대학원생의 ‘퀄리티(quality)’가 갈립니다. 우스갯소리로 대학원에는 석사 같은 박사, 박사 같은 석사, 그리고 척척박사가 있습니다. 석사 같은 박사는 독후감을 써옵니다. 박사 같은 석사는 논문을 써오고요. 척척박사는 아무것도 못 써오는 대학원생을 일컫습니다.

책을 ‘아예’ 연구의 영역에서 검토하는 게 바로 학술의 단계, 대학원생 전용 단계입니다. 당신이 논문을 쓸 게 아니라면 이 단계에 올 필요가 없습니다. 그런데 간혹, 대학교 강의에서 이 단계의 수준급 서평을 써오기를 바라는 교수님이 계십니다. 그때는 잘 판단해서야 합니다. 교수님이 서평을 원하시는 건지, 논문을 원하시는 건지 말이죠.

당신이 3, 4학년 전공 강의에서 논문을 바라시는 교수님을 만날 수‘도’ 있습니다. 그때는 당연히 학술의 단계에 이르는 독서를 해야 합니다. 어떻게 하냐고요? 책을 냅다 파면 됩니다. 계속 읽고 또 읽고, 또 읽어서 아주 내용을 ‘씹어먹어야’ 합니다. 정말 ‘빡센’ 단계죠. 당신이 대학원에 가지 않는 이상, 부디 이런 단계의 독서가 당신에게 도래하지 않기를 바랄 뿐입니다. 갑자기, 밤샘의 연속이었던 대학원생 시절이 떠오릅니다. 대학원생은 사람이 아니었습니다.

우리가 눈여겨봐야 할 중간항 ‘비평의 단계’가 남았습니다. 감상의 독서에서 비평의 독서로 넘어가야 할 단계입니다. 그러나 학술의 단계까지 가면 안 됩니다. 중간만 해야죠. 감상의 독서보다는 더 나아가야 하고, 학술의 독서까지 가면 안 됩니다. 정확히 학술의 단계 문 앞에 서야 합니다. 더 들어가면 안 됩니다. 왜 이렇게 강조할까요? 이유는 간단합니다. 대부분 사람이 서평 쓸 때 학술의 단계까지 가야 하는 것 아닌가 하면서 지레 겁을 먹기 때문입니다. 그래서 제가 자꾸 강조하는 겁니다. 학술의 단계는 대학원생에게 맡기고, 당신은 비평까지만 해주세요. 겁먹을 것 없습니다. 감상에서 조금만 더 앞으로 나아가면 됩니다. 자, 힘내세요!

04   서평을 위한
독서법

또 하나의 중요한 문제가 남았습니다. '비평의 단계'에 이르려면 독서는 과연 어떻게 해야 할까요? '서평을 위한 독서법' 말입니다. 과연 어떻게 책을 읽어야 할까요. 대체로 서평 관련된 책이나 강의에서 이렇게 말할 겁니다. '독서백편의자현(讀書百遍義自見)'. 책이나 글을 100번 읽으면 그 뜻이 저절로 이해된다는 말입니다. 네, 그렇습니다. 100번 읽으면 이해 못 할 책이 과연 있을까요. 아니, 10번만 읽어도 이해 못 할 책은 없을 것 같습니다. 참 쉽죠? 그러나, 100번을 어떻게 다 읽어요? 마감이 내일입니다. 지금 당장 1번도 제대로 다 읽을 수 없습니다. 대충 훑어보면서 얻어걸리는 구절로 대충 쓰기도 바쁜데, 100번이라뇨. 이건 해답이 아닙니다.

하여, '깜빡이' 없이 바로 직진하겠습니다. 우리가 알고 있는 기존의 독서법으로는 서평을 (영원히) 쓸 수 없습니다! 그동안 그렇게 읽었잖아요. 그런데 서평 못 쓰잖아요!

그래서, 한두 번 읽고 서평 쓸 수 있는 서평을 위한 궁극의 독서법을 당신께 소개합니다! '신박한 독서법'이자 아무도 모르게 몰래 써먹는 '사기 독서법'. 지금 바로 공개합니다. 제가 당신을 '독서백편의자현'에서 구원해드리겠습니다.

당신이 서평을 쓰기 위해 책을 손에 처음으로 쥐었습니다. 그때부터 해야 할 일입니다. 더도 말고 덜도 말고 딱 5가지만 당신이 하면 됩니다.

1.

책 표지부터
꼼꼼하게 살펴라

양장본(하드커버)은 합지에 겉 커버가 있거나, 커버 없이 합지만 있기도 합니다. 양장본이 아닌 일반 책(무선철)은 대부분 앞뒤 표지에 날개가 있습니다. 날개가 안쪽으로 접혀 있어서 표지가 뒤틀리는 것을 방지하거나 본문을 보호해 줍니다.

일반적으로 앞쪽 겉 커버, 앞표지 날개나 합지 안쪽에 작가의 약력이 있습니다. 저자 정보를 알 수 있는 부분입니다. 인터넷 서점의 저자 소개란에 있는 정보들이죠. 저자 정보를 먼저 확인합니다.

뒤이어 뒤 커버, 뒤표지의 날개도 한번 봅니다. 책과 관련된 부가적인 정보가 있는 때가 있고, 출판사 광고가 있는 때가 있습니다. 출판사 광고가 있으면 신경 쓸 것 없고요. 추천사나 책 정보, 책의 목차 등이 있는 경우가 많습니다. 이 책이 어떤 내용인지 미리 정보를 제공하는 거죠.

날개에 이어 가장 중요한 것은 바로 '표사(4)글'. 왜 숫자 4를 쓰는지 알려드릴게요. 출판계에서는 책 앞면을 '표1', 책 앞면의 뒷면을 '표2', 책 뒷면의 뒷면을 '표3'으로 말합니다. '표2'와 '표3'은 쉽게 말해 책표지의 뒷면을 왼편에서 오른편으로 순서지어 생각하시면 됩니다. 반대로 '표1'과 '표4'는 책 표지의 앞면을 오른편에서 왼편으로 이으면 되고요. 표지 앞뒤가 양면으로 붙어야 하니, 한쪽은 왼편과 오른편이 반대로 인쇄되어야 합니다. 대체로 인쇄소에서는 앞표지의 왼편과 오른편을 반대로 해서 인쇄합니다. 그래서 책 표지를 디자인할 때, 처음부터 왼편과 오른편을 반대로 작업합니다.

이러한 관행에 따라 뒤표지는 '표4'가 됩니다. 이 '표4'에 있는 글을 '표사글'이라고 말하는데요. 대체로 표사글은 추천사가 들어가거나, 작가의 머리말이 들어갑니다. 출판사에서, 베스트셀러를 만들기 위해 공신력 있는 사람의 추천사를 넣기도 하고, 소위 '셀럽'의 추천사를 넣기도 합니다. 저자의 지인일 때도 있지만, 대체로 출판사에서 홍보를 위해 청탁을 따로 합니다. 책이 있어 보여야 하니까요. 표사에도 넣지만, 띠지를 활용해 추천사나 카피를 넣기도 합니다. 저는 책을 사면 띠지부터 버리지만, 어쨌든 띠지도 한 번은 살펴볼 필요가 있습니다.

서평을 하기 위한 궁극의 독서법. 가장 첫 번째는 책 표지부터 꼼꼼하게 잘 살펴야 합니다. 저자 정보와 추천사, 머리말을 통해 책의 분위기를 대강 파악할 수 있으니까요. 물론 책 표지의 디자인도 눈여겨보시면 좋습니다.

2.

목차를
꼼꼼하게 살펴라

목차는 책의 지도입니다. 목차만 봐도 이 책이 전략적으로 어떤 부분을 노리고 있는지, 무슨 말을 하려고 하는지 알 수 있습니다. 책 전체 논리의 흐름을 한눈에 살펴볼 수 있는 곳이 바로 목차.

그러므로 서평을 위해서 우리는, 책 표지를 가장 먼저 훑어보고, 그다음으로 목차를 훑어봐야 합니다. 이때 목차는 단순히 책의 내용을 개괄하는 역할 뿐만 아니라, 굉장히 중요한 역할을 해냅니다. 바로 스토리텔링! 책의 종류에 따라 다르겠지만, 대체로 저자들은 일정한 순서(논리)에 따라 본인의 할 말을 이어갑니다. 스토리텔링이죠. 그러니까 서평을 쓸 때도 이 스토리텔링, 이 스토리 라인을 그대로 따라가면 됩니다! 목차의 순서대로 서평도 따라가면 된다는 거죠!

여기서 제가 '응급처방전' 하나 써드리겠습니다! 서평을 써야 하는데 시간이 없다? 그러면 목차대로 쓰세요. 목차의 순서대로 책을 살펴 가며 써도 '선방'합니다. 목차의 키워드, 목차의 내용만 언급하면서 서평을 써도 반은 먹고 들어갑니다. 말 그대로 응급처방전입니다. 그렇다고 해서 응급처방전만 쓰시면 또 곤란합니다. 어쨌든 서평을 하기 위한 독서법의 두 번째 할 일은 바로 목차! 목차 역시 꼼꼼하게 살펴셔야 합니다.

3.

메모하면서

읽어라(인덱스탭)

　　　　책을 읽어가면서 중요한 부분을 포스트 잇 등으로 표시(인덱스탭)해주면 다시 찾기 쉽습니다. 마음에 드는 구절, 인상 깊은 구절, 서평에 꼭 써야 할 구절을 미리 마크해두는 거죠. 이 작업을 미리 안 하면, 나중에 다시 '다' 찾아야 합니다. 거기서 시간 '다' 잡아먹습니다. 처음 책을 읽을 때, 중요한 부분들을 마킹하면서 좋은 문장들을 밑줄 쳐도 됩니다. 문제는, 인덱스탭이 너무 많으면 결국 책을 다시 다 읽어야 하는 문제가 발생하긴 하지만, 그래도 서평 쓸 때 이것만큼 시간을 단축해주는 것도 없습니다!

　　인덱스탭에 메모를 하면 더 좋고요. 아니면, 책을 읽으면서 다른 노트에 그림이나 메모를 해도 좋습니다. 책의 구조를 한눈에 알아볼 수 있게 되니까요. 이런 장치들이 책을 (불필요하게) 두세 번 다시 읽게 하는 것을 막아줍니다. 책 몇 번 읽을 것을 한두 번으로 줄여주는 거죠.

　　그리고 이 작업이 익숙해지면, 이제 이런 경지에 다다르게 됩니다. 문장들을 읽어가면서 이다음 문장과 단락은 여기서 가장 중요한 부분이구나, 하고 읽기도 전에 알아챕니다. 문맥의 흐름을 알고 있는 거죠. (자랑은 아니지만) 제가 이 정도의 경지에 이르렀습니다. 그래서 저는 책을 빨리 읽는 편입니다. 쓸데없는 부분들은 빨리 지나치고요. 자 이제 중요한 문장이 나오겠구나 하는 부분은 조금 천천히 읽습니다. 물론 밑줄도 치고요. 인덱스탭도 붙여놓습니다. 이렇게 하면 책을 다시 살필 때, 인덱스탭이 있는 곳, 밑줄 친 문장만 읽으면 됩니다. 아주 좋은 방법이니, 당신께 몰래 알려드립니다.

4.

인터넷 자료는
쳐다도 보지 마라

서평을 위해 책 읽을 때는 인터넷 검색도 하지 마시고, 인터넷 정보는 아예 신경도 쓰지 마세요. 다른 사람이 책에 대해 뭐라고 했건 그건 그 사람의 말입니다. 당신은 당신의 길을 가세요. 인터넷 자료는 출처가 불분명할뿐더러, 인터넷 자료를 자주 참고하게 되면, 결국 글은 독후감의 영역으로 빠지게 됩니다. 왜냐하면, 내 생각이 틀린 것은 아닌가, 내가 잘못 생각한 것은 아닌가 하면서 소심해지거든요. 과감하게 자신의 논지를 이어가지 못합니다! 그러면 줄거리만 요약하다가 글이 끝나게 됩니다!

인터넷 자료를 절대로 찾아보지 마세요. 특히 처음 책을 읽을 때는 진짜 인터넷을 열어보면 안 됩니다. 선입견이 작용하게 되거든요. 영화 보기 전에 '스포'를 먼저 찾아보는 것과 똑같습니다. 정 궁금하면, 책 다 읽고, 서평이 어느 정도 완성되었을 때, 그때 한번 슬쩍 보세요. 그다지 도움이 되지 않을 겁니다. 다시 한번 강조합니다. 절대로, 인터넷 자료는 쳐다도 보지 마세요. 서평을 위한 독서법은, 오로지 책만 생각하는 시간, 책만 보는 시간만 확보해야 합니다.

5.

서평 질문지
작성하기

제가 또 야심 차게 준비해보았습니다. 필살기입니다! 책 다 읽고, 서평을 쓴다? 아니죠. 책을 읽으면서 서평을 준비하셔야 합니다! 책을 읽어가면서 미리 서평을 위한 준비를 해두는 겁니다. 이름하여 〈서평 질문지〉! 제가 서평 관련 책들을 모조리 구해서 읽어 봤는데, 서평을 위한 독서법에 쓸모 있는 게 하나도 없더군요! 그래서 제가 직접 만들었습니다. 〈서평 질문지〉를 대학교 강의에서 직접 활용해 보았고, 여러 시행착오를 겪은 끝에 어느 정도 만족할만한 〈서평 질문지〉를 완성하게 되었습니다.

즉, 서평에 필요한 내용을 책 읽으면서 미리 써보는 겁니다. 서지 정보는 당연히 써야 하고, 저자 약력도 미리 써둡니다. 그리고 질문지의 핵심이라 할 수 있는, 마음에 드는 문장을 미리 씁니다! 인덱스탭하거나 밑줄 친 문장 중, 진짜 마음에 드는 5문장 정도만 미리 써둡니다. 서평을 바로 쓸 수 있도록 미리 밑 작업을 해두는 거죠.

그리고 키워드 5가지. 이 키워드들이 결국 서평을 끌고 갈 겁니다. 그냥 '뇌피셜', 의식의 흐름대로 글을 쓰는 것이 아니라, 키워드 중심으로 문장을 이어가는 거죠. 그리고 이렇게 키워드를 뽑아낸다는 것은, 이미 책 전체를 어느 수준 이상으로 이해했다는 뜻이기도 합니다. 키워드를 못 뽑아냈다? 그럼 목차에서 소제목을 보시면 됩니다. 소제목에 이미 키워드가 다 있거든요.

<u>서평 질문지</u> (예시)

서지정보	한병철, 〈피로사회〉(문학과지성사, 2012)
저자 약력 **(5행 이하)**	1959년 서울 출생. 고려대학교에서 금속공학을 전공했고, 프라이부르크대학교와 뮌헨대학교에서 철학, 독일문학, 가톨릭 신학을 공부했다. 베를린예술대학교 철학·문화학 교수를 지냈다. 〈피로사회〉, 〈에로스의 종말〉 등이 저서로 전 유럽과 한국에서 큰 반향을 일으켰다.
마음에 드는 문장 **(5문장 이상)**	① 면역의 근본 특징은 부정성의 변증법이다. 자아는 타자의 부정성을 부정함으로써 타자 속에서 자기 자신을 확인한다. (16p) ② 무한정 '할 수 있음'이 성과사회의 긍정적 조동사이다. "예스 위 캔"이라는 복수형 긍정은 이러한 사회의 긍정적 성격을 정확히 드러내 준다. (24p) ③ 인간은 사색하는 상태에서만 자기 자신의 밖으로 나와서 사물들의 세계 속에 침잠할 수 있는 것이다. (35p) ④ 분노는 현재에 대해 총체적인 의문을 제기한다. 분노의 전제는 현재 속에서 중단하며 잠시 멈춰 선다는 것이다. (50p) ⑤ 성과사회, 활동사회는 그 이면에서 극단적 피로와 탈진 상태를 야기한다. 과도한 성과의 향상은 영혼의 경색으로 귀결된다. (66p)
키워드 **(5개 이상)**	① 피로사회 ② 사색하는 삶 ③ 탈진의 피로 ④ 성과사회 ⑤ 근본적인 피로
새롭게 알게 된 것 **(5개 이상)**	① 우리 한국사회의 전염성 질병은 부정성이 아니라 긍정성 과잉의 질병이다. ② 면역의 근본 특징은 부정성인데, 현대사회는 부정성을 무조건 제거하고 긍정성만 강조한다. ③ 성과를 향한 압박이 탈진 우울증을 야기하는데, 이 압박을 자기 스스로 한다. ④ 사색하는 삶을 살아야 하는데, 현대사회는 사색 자체를 할 수 없게 만든다. (끊임없이 SNS+구글링+인터넷) ⑤ '근본적인 피로'를 통해 정신이 깨어있어야 한다.

그리고 마지막 작업은 바로, 새롭게 알게 된 것! 이것 때문에 서평을 쓰는 겁니다! 새롭게 알게 된 내용이 너무 좋아 남에게도 이 책을 소개하는 것이니까요. 그리고 이것이 바로 서평의 주제이자, 서평의 주된 내용이자 핵심입니다. 물론 지금은 초기단계기 때문에 대충 써도 되고, 서평 쓰면서 바꿔도 상관없습니다. 그러나 이렇게 미리 밑 작업을 해두면, 서평을 '바로' 쓸 수가 있습니다. 책을 다시 쳐다볼 필요가 없습니다.

당신이 서평 하기 위해 처음으로 책을 폈을 때 해야 할 일을 알려드렸습니다. 이 작업이 당신을 서평 지옥으로부터 지켜드릴 겁니다. 이제 더 이상 서평으로 골머리 썩을 필요가 없습니다. 이 5가지 독서법을 잘 실행하면, 서평 또한 무척 쉬워질 겁니다. 책도 두세 번 더 읽을 필요도 없습니다. 제가 알려드린 독서법은 책을 1.5번, 적어도 2번 내에 읽고 끝내는 서평입니다! 신박하죠?

저는 지금도 이렇게 책을 읽고 글을 쓰고 있습니다. 대학생 때부터 그랬으니, 거의 20년 가까이 실천하고 있습니다. 제 노하우인 거죠. 그러니까, 방금 소개해드린 서평을 위한 독서법은 제 필살기이자, 이제 당신의 필살기입니다. 당신은 곧, 놀라운 결과를 얻게 될 겁니다.

그동안 당신께 말씀드렸던 것은 서평을 쓰기 위한 '워밍업'이었습니다. 서평에 대한 기본자세부터 차례로 살펴보았고, 서평을 위한 독서법도 알려드렸습니다. 서평을 쓰기 위한 단계를 차근차근 밟아가는 겁니다. 서평 쓴다고 무턱대고 책부터 펴면 100% 실패! 반드시 전략이 있어야 합니다. 나름의 순서를 지켜야 합니다. 자 이제, 순서대로, 본격적으로 서평을 향해 달려보겠습니다. 꽉 잡으세요.

먼저, 우리가 일반적으로 생각하는 서평에 들어갈 기본 요소에 대해 생각해봅시다.

· 서평자와 책의 접점과 배경

· 저자 및 서지 정보

· 책의 시대적 배경

· 책의 주제

· 책의 전반적 느낌과 생각

· 책의 개요

· 전체 스토리(줄거리)

· 감명 깊은 부분

· 책에 대한 논평

· 책 추천 대상

· 책 추천 이유와 핵심 인사이트

엄청 많습니다. 이것들을 서평에 다 써야 할까요? 우리가 늘 궁금해하는 질문입니다. 좀 더 간단하게 서평에 들어갈 기본 요소를 정리하면 다음과 같습니다. 요약과 정보, 비판과 감상. 이 4가지가 잘 어우러진 것이 바로 서평입니다. 과연 우리는 이 4가지를 잘 해낼 수 있을까요? 무척 험난한 길이 예고되어 있습니다.

서평에 이 모든 것을 다 써야 하나? 우리는 또 골치가 아픕니다. '아, 이걸 또 언제 다 해'. 어디서부터 손을 대야 할지 대책이 안 섭니다. 포기할까? 대충 독후감이나 쓸까? 또 이렇게 포기하게 되는 거죠. 그렇게 학점도 우리 손을 떠납니다. 눈물이 앞을 가립니다.

그러나 제가 또 누굽니까. 이 모든 요소를 놓치지 않고 쉽게 쓰는 방법을 당신께 하나씩 알려드리겠습니다! 서평 쓸 때 진행되는 과정을 잘 따라가면, 서평의 기본 요소를 모두 챙길 수 있습니다. 겁부터 먹으면 지는 겁니다.

서평의
분량

서평에 앞서, 그 무엇보다 가장 먼저 우리가 고려해야 할 사항이 하나 있습니다. 바로 서평의 분량. 파스타를 요리하기 위해 면을 쥐었을 때 500원짜리 동전 크기가 1인분이라고 합니다. 아무 생각 없이 뭉텅이로 면을 삶으면 대참사가 일어나죠. 아마 당신도 몇 번 경험해보셨을 겁니다. 이와 유사한 예로 미역국이 있죠. 저는 아내 생일 때마다 미역국을 끓이는데, 늘 분량을 실패해서 한 3일 동안 미역국만 먹습니다. 미역이 물에 불면 양이 엄청나게 불어나거든요. 진짜 조심해야 합니다.

서평도 마찬가지! 분량에 따라 서평의 구성이 달라집니다. 무턱대고 앞서 말씀드린 서평의 기본 요소를 다 쓸 필요가 없습니다. 분량에 따른 서평은 다음과 같이 나눌 수 있습니다.

한 줄 리뷰 또는 별점 리뷰. 영화평이나 간단한 평을 할 때 씁니다. 이럴 때는 정말 딱 한 줄이면 충분하고, 별점이면 충분하죠.

단형 서평. 예를 들어 1,000자평 영화평이나, 500자평 자소서처럼 짧은 단형의 서평이 있습니다. A4용지 1매 이내의 짧은 서평이니, 줄거리 요약도 할 필요 없습니다. 진짜 꼭 필요한 말만 써야 합니다.

중형 서평. 대체로 2,000자에서 4,000자 즉, A4용지 2매~4매 정도에 해당하는 서평입니다. 블로그나 브런치와 같은 글쓰기 플랫폼에 쓰는 서평이 중형 서평입니다.

장형 서평. 우리가 앞으로 자주 할 서평이 바로 장형 서평입니다. A4 용지 3매 이상 써야 하는 전문 서평이죠. 대체로 대학교 과제가 장형 서평입니다. 장형이니 앞서 말씀드린 요소가 다양하게 들어가면 좋지만, 그렇다고 해서 모든 요소를 다 넣을 필요는 없습니다. 적당히 강약 조절하면서 본인이 필요하다고 판단되는 요소들만 서평에 담으면 됩니다. 쇼핑할 때 장바구니 담듯이 말입니다.

서평 마인드
프로세스

본격적으로 서평으로 직진하기 전에, 서평 쓰기를 위한 마인드 프로세스부터 점검해야 합니다. 마인드 프로세스는 다음과 같습니다.

첫째, 왜 마음에 여운이 남는지. 왜 내가 이 책을 읽고 한동안 가슴이 먹먹해지는지, 그래서 뭐가 마음에 계속 남는지 생각해야 합니다. 그런 여운을 메모로 남기면 좋고, 그런 문장들을 인덱스탭으로 표시하면 더욱더 좋습니다. 그러니까 그냥 읽지 말라는 거죠! 뭐라도 하라는 겁니다.

둘째, 어떤 부분이 좋았는지. 메모하고 인덱스탭하는 것도 좋지만, 그 부분이 왜 좋은지 고민해야 합니다. 이래서 좋구나, 이래서 감동적이구나 하고 스스로 답을 내려야 합니다. 감탄만 하거나 울기만 해서는 곤란하죠.

셋째, 타인에게 소개할 가치가 있는지. 앞서 살펴본 두 가지, 왜 마음에 여운이 남는지 어떤 부분이 좋았는지의 프로세스를 거치게 되면, 결국 타인에게도 이 책을 소개할 만한 가치가 있다고 판단하게 됩니다. 그 가치의 정도를 따져보는 거죠. 이 정도면 소개할 정도는 아니다, 이 정도면 무조건 남에게 알려야 한다, 하고 말이죠.

넷째, 타인을 어떻게 설득할지. 소개할 생각도 있고, (어쩔 수 없이) 과제로 해야 합니다. 그렇다면 고민해야 합니다. 타인을 어떻게 설득할지. 요즘 사회 이슈를 끌고 올지, 아니면 영화 내용을 끌고 올지, 줄거리에서 시작할지 어떤 특정한 문장에서 시작할지 등을 여러모로 따져보는 동시에, 어떤 위치와 상황에서 타인에게 접근해야 할지 고민해야 합니다. 전략이 있어야 설득할 수 있으니까요.

자, 이제 본격적으로 서평의 프로세스를 초반, 중반, 후반으로 나눠서 살펴보겠습니다.

서평
초반 쓰기

가장 초반에는 책에 대한 일반적인 정보와 간략한 인상을 쓰면 됩니다. 첫인상을 살펴보는 것이죠. 책에 대한 간단한 정보와 인상을 보여주면서 분위기를 슬슬 끌고 가는 겁니다. 물론 책에 대한 정보는 어느 정도 필요하지만, 간략한 인상은 없어도 되고 있어도 됩니다.

다만, 이때의 인상은 독후감이 아닙니다. 주저리주저리, 미주알고주알 다 적을 필요 없습니다. 이 책을 교수님이 과제로 내주서서 별 생각 없이 책을 읽었는데 너무 좋았다, 길 가다 책을 주웠다, 누군가가 책을 추천해줘서 아무 생각 없이 읽었는데 대박이더라 등 분량을 뽑기 위해 쓸데없이 'TMI(Too Much Information)'를 이어갈 필요가 없습니다. 아주 간단한 정보만 알려주세요. 심지어 한 문장으로도 가능합니다. 한 문장으로 책에 대한 정보와 간략한 인상을 피력할 수 있죠. 이를테면, 이렇게 쓸 수 있습니다. '이 책은 나를 비롯해 우리가 모두 외면했던 약자의 편에서 사회 문제를 살펴보고 있다.'

다음으로 서평 초반에는 책 줄거리 요약이 들어가지만, 이때 줄거리 요약은 깔끔하고 강력해야 합니다. 분량 뽑으려고 인터넷에서 줄거리 죽 긁어와서 '복-붙'하면 안 됩니다. 독후감 아니라고 말씀드렸죠? 줄거리가 없어도 안 되지만, 그렇다고 해서 줄거리가 많아도 안 됩니다.

이 책은 이런 내용을 갖고 있다 하면서 A4 반 장 넘게 줄거리 요약에 할애하면, 그 서평은 사람들이 안 읽습니다. 줄거리나 책 내용은 인터넷에 검색하면 다 나오는데, 그것을 또 서평에서 읽을 필요는 없으니까요. 서평은 독후감이 아닙니다! 줄거리는 짧고 굵게. 심지어 한 문장으로도 줄거리를 요약할 수 있습니다.

중요한 것은 줄거리가 아니라, 서평을 쓰는 사람의 평가입니다. 줄거리를 짧게 요약할수록 책에 대한 장악력이 높다는 말이기도 합니다. 물론 하기 싫어서, 귀찮아서 요약을 짧게 할 수도 있겠지만, 대체로 좋은 서평의 경우, 줄거리 요약은 많지 않습니다. 할 말이 너무 많은데, 시간 아깝게 뭘 줄거리까지 이야기하나요. 그건 알아서 검색해서 찾아봐야죠.

그리고 초반에 당신이 해야 할 일이 있습니다. 기억나시죠. 〈서평 질문지〉에서 인상 깊은 문장 5개 이상 쓰는 것. 직접 서평 쓸 때도 마찬가지입니다. 중요한 문장을 미리 타이핑해놓으면 서평 쓸 때 편합니다. 거기서부터 글이 시작되니까요.

텅 빈 백지에 서평을 처음부터 써나가야 한다면, 아마 당신은 한 자 쓰고 절하고, 한 자 쓰고 절하고 거의 팔만대장경 새기는 수준으로 글을 오랫동안 붙들게 될 겁니다. 무슨 말을 해야 할지 잘 모르겠으니까요. 그러나 중요한 부분을 미리 타이핑 쳐놓으면 실제로 서평 쓸 때 속도가 '정말 많이' 붙습니다. 인용 부분을 해설하거나 해석하면 되니까요. '맨땅에 헤딩'은 하지 않으니, 그래도 속도가 좀 납니다. 그래서 초반에 글을 쉽게 풀어가려면 미리 타이핑해놓은 인용 부분을 해석해가면 보다 쉽게 진도를 뺄 수 있습니다.

서평
중반 쓰기

중반부터는 본격적인 분석에 들어가야 합니다. 구체적인 분석 대상을 찾아야 합니다. 여기서 또 활용되는 것이 바로 〈서평 질문지〉. 미리 선정한 키워드를 중심으로 분석 대상을 선정해야 합니다. 모든 것을 다 쓸 수 없고, 모든 것을 다 다룰 수 없습니다. 약 5가지 정도. 예비 후보 포함 크게 5가지 정도 다룰 내용을 미리 정리해두는 것이 좋습니다. 저자는 이 문제를 이렇게 말했고 나는 이렇게 생각한다, 이 부분은 중요한 부분이니 꼭 서평에서 다뤄야겠다, 하는 식으로 분석의 대상을 미리 뽑아두고 서평을 써나가야 합니다. 앞서 중요한 문장을 타이핑 치고 해석하는 것과 비슷한 맥락입니다.

그러나 서평 초반의 문장 해석은 본격적인 분석보다는 워밍업, 글의 도입부에 가깝습니다. 중반부터는 본격적으로 키워드 중심으로 글이 쭉쭉 앞으로 나아가야 합니다! 물론 중요한 인용문도 이때 쓰고 해설해도 됩니다. 어쨌든 제가 당신께 꼭 말씀드리고 싶은 것은 바로 이것입니다. 제발 무턱대고 막 쓰지 말자! 전략과 순서가 있어야 합니다. 분석 대상을 정리하고 그것을 어떻게 요리할지 고민해야 합니다.

그다음으로, 중요하다고 분석한 대상을 취사선택해야 합니다. 앞서 정리해둔 내용을 모두 다 쓸 수는 없습니다. 예비 후보까지 넣었으니 꽤 되죠. 그러나 그것을 다 쓸 필요는 없고, 일단 하나씩 생각해봅시다. 어떤 내용과 어떤 내용이 서로 이어질지, 이 책에서 어떤 내용이 정말 중요한 것인지. 다 쓸 필요 없습니다. 딱 3가지. 딱 3가지만 쓰면 됩니다. 나머지 2개의 이야기 보따리는 그냥 풀지 말고 두세요. 만약 3개의 보따리를 풀었는데 서평의 논리가 별로다? 그럼 남아 있는 보따리를 푸세요. 적당히 어울려 보이는 것을 쓰면 됩니다. 선택과 집중. 분석 내용을 선택했으면 이제 집중해야 합니다.

그렇게 분석 대상을 분석하고 할 말을 하다 보면, 마침내 궁극의 질문이 생깁니다. 그래서 저자가 이 책에서 정말 하고 싶은 말은 뭐야? 그래서 이 책에서 가장 중요한 것은 뭐야? 이제, 나는 이 책에서 무엇이 가장 중요한가 하고 질문해야 합니다.

이때의 질문이 매우 중요합니다. 질문의 수준이 낮을수록 서평의 수준도 낮아집니다. 질문의 깊이가 깊을수록 서평의 깊이도 깊어집니다. 그래서 질문할 거리가 없으면 서평을 쓸 수 없습니다. 서평을 쓸수록 계속 질문이 만들어져야 하고, 답을 내리는 과정이 바로 서평이어야 합니다. 질문도 없고 답도 없는 서평은 진짜 답도 없는 서평. 수준 낮은 서평이 되는 거죠. 질문이 고급일수록 서평도 고급이 됩니다.

결국 책에 질문하는 것은 나 자신에게 질문하는 것이기도 합니다. 그래서 질문이 중요한 겁니다. 이 질문은 곧 나 자신에게 하는 것이니까요. 이 질문에 대한 해답을 찾는 과정이 바로 사유이고 독서입니다. 이런 과정을 많이 겪을수록 사유의 힘이 길러집니다. 지력이 높아지는 거죠. 이렇게 깊이 있는 질문을 잘하고 또 그에 대한 답을 잘 찾는다면, 그 사람은 어떤 삶의 문제든지 지혜롭게 해결할 수 있을 것 같습니다. 깊이 있게 생각할 힘이 있으니까요.

서평
후반 쓰기

이제 후반에 진입했습니다. 어떤 분석 대상에 대해 충분히 해설했고, 하고 싶은 말은 다 썼습니다. 후회 없이 말이죠. 그렇다면 이제 마지막을 향해 갑니다. 바로 한 문장으로 책을 평가하는 것. 한 줄 서평처럼 별점 주듯 아주 명쾌하게 평가하는 거죠. 제가 알기로는, 이동진 영화평론가의 한줄평이 아주 날카롭고 아주 명쾌하죠. 그런 문장을 우리는 '촌철살인(寸鐵殺人)'이라고 부릅니다. 허를 찌르는 날카로운 문장이라는 뜻이죠.

다시 말해, 단 한 문장으로도 책을 썰어버릴 수 있습니다. 오랫동안 이런저런 말을 썼지만, 마지막 딱 한 문장으로 책 전체를 평가해야 합니다. 이 문장을 쓰기 위해 그렇게 앞에서부터 주절주절 말을 이어갔던 겁니다. 이 한 문장으로 평가 끝. 이 한 문장으로 서평 끝. 그런 문장 없이 글이 끝난다면, 묵직한 '한 방'이 없는 영화와 같습니다. 그런데 이런 문장은 비단 서평에만 해당하지 않습니다. 논문도 그렇고 모든 글에 해당합니다. 마지막 한 방. 이 한 방을 위해 그토록 많은 시간을 보냈던 것입니다!

이제 프로세스가 끝나갑니다. 평가를 바탕으로 서평의 제목을 정해야 합니다. 마지막 한 방. 이 한 방을 토대로 서평의 제목을 정하고 서평의 방향을 정하게 됩니다. 그동안 쓴 것을 다시 쓰는 것이 아니라, 마지막 한 문장, 한 줄의 평가로 주제가 좁혀지는 것입니다. 풍경이 소실점으로 모이듯, 돋보기로 초점을 맞춰 종이를 태우듯, 결정적인 평가를 바탕으로 서평이 모이게 되는 거죠.

다른 글도 그렇지만, 서평의 제목은 가장 나중에 쓰는 것이고, 주제도 나중에 구조화되는 것입니다. 여기까지 해야 서평의 완성. 그러나 대체로 많은 사람이 자기 할 말만 잔뜩 하다가 끝납니다. 그래서 이 책은 뭘까 하고 질문하고, 그래서 이 책은 이게 짱이야, 하고 한 방 내리꽂는 그런 게 없습니다. 아쉬울 따름이죠.

그러나 이제부터 당신은 서평을 비롯해 어떤 글을 쓰든 간에 마지막 한 방을 노려야 합니다. 이 한 방을 위해 그토록 많은 문장을 써왔습니다. 이 한 방에 모든 것을 거는 거죠. 이 한 방이 클수록 효과는 더욱 극대화됩니다. 마치 영화의 말도 안 되는 반전처럼 말입니다.

서평 쓰기 프로세스. 숨 가쁘게 달려왔습니다. 가장 중요한 것은 서평은 차근차근 하나씩, 화내지 말고 침착하게 써야 한다는 것입니다. 귀찮다고 시간 없다고 무작정 책 펴놓고 서평 쓰지 마시고, 단계적으로 전략적으로 하나씩하나씩 풀어가야 합니다. 앞서 소개해드린 〈서평 질문지〉가 이런 단계를 차분하게 밟아갈 수 있도록 당신을 도울 것입니다.

이제 우리, 서평도 쉽고 재미있게 써봅시다.

서평 쓰기 워밍업

자, 서평 쓰기가 시작되었습니다. 'let the 서평 begin!' 막막합니다. PC 앞에 앉았습니다. 키보드 워리어처럼 사정없이 글을 쓸 수 있을 것 같은 자신감이 '뿜뿜'. 오늘 아주 불태우겠어! 그러나 몇 분 안 돼서 우리는 눈물 흘립니다. 어떻게 쓰지? 뭐부터 쓰지? 미치겠네! 팔만대장경은 그래도 절 한 번 하면 한 자라도 쓸 수 있는데, 서평은 한 글자도 쓰기 어렵네요. 어쩌죠? 세상에 쉬운 게 하나 없습니다. 〈서평 질문지〉만 뚫어지게 쳐다봅니다. 그러나 마감은 내일. 오늘 어떻게든 끝내야 합니다. 그렇다고 해서 독후감을 낼 수는 없습니다. 우린 고학력자, 대학생이니까요.

급하다고 해서 마감이 얼마 남지 않았다고 해서 무턱대고 쓰면 '거지꼴'을 못 면합니다. 시간 없다고 대충 쓰다 보면, 중고등학생 때 독후감만 못합니다. 명색이 대학생인데, 쪽팔릴 일만 남은 거죠. 자괴감과 수치심이 우리를 압도해 옵니다. 그렇게 '현타'가 옵니다. 그러나 어쩌겠어요. 우리는 할 일이 산더미인데, 서평만 신경 쓸 수 없습니다. 또 다른 (밀린) 일들을 처리해야 합니다. 우리는 여기까지가 최선이라고 생각합니다.

그럼에도 불구하고, 우리 자신감 가득 품고 서평을 써봅시다! 서평아 비켜라 내가 간다. 오늘 밤을 아주 찢어버리겠어. 전의가 불타오릅니다. 그러나 워워. 진정해. 본격적인 서평에 앞서 몸부터 풉시다. 야구 경기에서 투수는 바로 마운드에 오르지 않습니다. 불펜에서 충분히 몸을 데우죠. '워밍업'이라고 합니다. 복싱선수도 마찬가지. 링에 올라가기 전에 이미 땀을 흠뻑 흘립니다. 모든 운동이 마찬가지죠. 서평도 그렇습니다.

〈서평 질문지〉 쓰고 이런저런 준비를 했다고 해서, 바로 서평을 쓸 수 없습니다. 자리에 앉아 서평 쓰기를 위한 워밍업부터 먼저 해야 합니다. 그래서 또 제가 준비했습니다. 서평 쓰기 워밍업. 단계별로 당신의 몸을 데워드리겠습니다. 본격적인 서평을 쓰기 위해서입니다. '예열'이라고 하죠. 서평 쓰기 워밍업 5가지. 딱 5가지만 알려드리겠습니다. 꽉 잡으세요.

1.

예상 독자를
미리 세팅할 것

무작정 서평을 쓰면 답 없습니다. 서평과 독후감의 차이는 독자. 내 독자를 상상하고 써야 합니다. 독자 없이 쓰는 것이 독후감이죠. 그렇기 때문에 독후감은 내 감상을 자유롭게 거침없이 써도 상관없지만, 서평은 반드시 독자가 존재합니다. 따라서 독자를 상정하지 않고 쓰는 것은 목적지 없이 택시 타는 것과 같습니다. 반드시 독자를 미리 세팅해야 합니다.

여기서 제가 '세팅'이라는 말을 썼는데요. 그 이유는 간단합니다. 특정한 독자를 미리 설정해야 하거든요. 단순히 다수의 독자가 있겠구나, 누군가가 보겠구나 하고 안일하게 생각하면 안 됩니다. 내가 특별히 세팅한 독자가 볼 것이라는 확신과 그에 따른 전략이 있어야 합니다. 확실하게 쓸수록 내가 세팅한 독자가 결국 내 서평을 보게 될 것입니다. 그렇게 글을 만드는 거죠.

왜냐하면, 독자가 누구냐에 따라 글의 내용과 어조가 달라지기 때문입니다. 내가 서평 쓰려는 책을 좋아하는 독자가 있을 수도 있지만 싫어하는 독자가 있을 수도 있습니다. 결정해야죠. 이런 종류의 책을 좋아하는 독자라면 거침없이 써 내려가도 상관없지만, 이런 종류의 책을 싫어하는 독자라면, 보다 조심스럽게 서평을 써야 합니다. 장점을 은근히 강조해야죠.

마찬가지로 이런 책에 이미 익숙한 독자에게는 경중경중 글을 써도 되지만, 이런 책에 익숙지 않은 독자를 세팅할 때는 보다 알기 쉽도록 자세히 설명해야 합니다. 작가도 그렇죠. 이 작가를 좋아하는 독자에 맞는 글이 있고, 이 작가를 싫어하는 독자에게 맞는 글이 있습니다. 서평도 설득이니까요.

따라서 이 책을 읽은 독자 혹은 앞으로 읽을 독자를 세팅해서 쓰는 글과, 이 책을 영원히 읽지 않을 독자에게 쓰는 글은 엄연히 다릅니다. 내용도 내용이지만, 어조, 뉘앙스, 글의 분위기도 달라야 합니다. 이런 책을 싫어하고 이런 책에 익숙하지 않으며 이 작가도 싫어하고 이 책을 영원히 읽지 않을 독자를 설득하는 것은 당연히 어렵겠죠?

특정한 독자를 가정하고 글을 써야 합니다. 대체로 많은 책에서는 중학교 2~3학년이 이해할 수 있는 글의 수준을 유지하라고 하는데요. 그것이 꼭 당연한 것은 아닙니다. 세팅하기 나름이죠. 예컨대, 저는 지금 이 책의 예상 독자를 대학생으로 세팅하여 쓰고 있습니다. 중고등학생이 읽기에는 버거울 수 있습니다.

그러니, 당신도 서평을 쓰기 전에 반드시 독자부터 세팅하세요. 마케팅 전략과 같습니다. 예상 수요층을 미리 염두에 두어야 상품을 (더 많이) 팔 수 있습니다.

2.
양질의 질문을
던져볼 것

그냥 글을 쓸 수는 없습니다. 앞서 언급했듯이, 질문을 던지고 답을 찾는 형식으로 글을 써야 합니다. 좋은 질문일수록 좋은 답이 나오겠죠. 질문이 별로면, 답도 별로입니다. 그래서 서평을 쓰기 전에 반드시 질문을 제대로 던지고 시작해야 합니다.

제가 유일하게 챙겨보는 TV 예능 프로가 하나 있습니다. 바로 〈도시어부〉라는 프로입니다. 〈도시어부〉를 보면, 각자가 채비하는 데 진심입니다. 밑밥도 엄청 많이 뿌리고요. 좋은 미끼를 던져야 월

척이 딸려옵니다. 서평도 마찬가지. 그래서 제가 또 5가지 질문을 만들어봤습니다.

첫째 질문. 무엇에 대한 책인가. 기본입니다. 가벼운 에세이도 주제가 있습니다. 책 전반을 장악하기 위해서는 반드시 무엇에 대한 책인지 질문해야 합니다.

둘째 질문. 저자는 주제를 어떻게 다루고 있는가. 특정한 주제에 대해 저자는 어떤 태도로 어떤 평가를 하고 있는지 질문해야 합니다. 저자의 태도에 나 역시 동의하는지, 저자의 관점과 태도가 마음에 들지 않는다면, 어떤 면에서 그러한지 질문을 통해 답을 내려야 합니다. 그것이 서평이죠!

셋째 질문. 이 책의 장점은 무엇인가. 장점에 대한 파악이 있어야 제대로 된 가치 평가를 할 수 있습니다.

넷째 질문. 이 책의 단점은 무엇인가. 장점만 나열하는 서평단이 아닌 이상, 단점만 지적하는 '모두까기'가 아닌 이상, 균형 잡힌 시선으로 장단점을 모두 찾아내야 합니다.

다섯째 질문. 이 책을 어떤 독자에게 추천하겠는가. 앞서 독자를 미리 세팅하라고 말씀드렸습니다. 동시에 어떤 독자에게 추천할지도 서평 쓰기 전에 질문해야 합니다. 독자를 세팅할 때, 무조건 내 마음대로 할 수는 없잖아요? 책의 내용에 알맞은 독자를 세팅해야 합니다. 질문해야 합니다. 이 책이 어떤 독자에게 추천할 만한지.

이 5가지 질문. 이 질문을 먼저 깔고 시작하는 서평과 무턱대고 줄거리 요약해서 쓰는 서평. 어떤 서평이 더 잘 써지고, 더 완성도 있을지는 불 보듯 뻔하겠죠?

 6장 서평 쓰기 워밍업

3.
저자의 생각과
내 생각을 나눠볼 것

저자의 생각이 모두 맞지는 않습니다. 저자가 신도 아닌데, 완벽할 수 없잖아요. 특히 첨예한 논쟁이 이어지는 주제일수록 관점이 다양하게 나뉩니다. 옳고 그름을 판단하기 어렵습니다. 그러므로, '서평러'는 저자의 생각에 동의하면서도 동시에 비판할 줄 알아야 합니다. 적당한 거리를 둬야 합니다. 서평 책이 '아이돌 팬북'은 아니잖아요?

따라서 저자의 핵심문장에 내 의견을 붙여볼 필요가 있습니다. 핵심문장에 내가 어느 정도 동의한다면 왜 동의하는지 써야 하고, 반대한다면 왜 반대하는지 써야 합니다. 저자의 핵심문장에 내 의견을 붙여보세요. '내돈내산' 책이라면, 직접 문장 옆에 메모를 적거나, 포스트잇으로 내 의견을 써보세요. 빌린 책이라면 메모는 따로 노트에 해야겠죠?

4.
키워드를 추출하여
연결할 것

우리는 〈서평 질문지〉에서 이미 키워드를 얼추 뽑아두었습니다. 그렇다면 그 키워드로 이제 도식을 짜야 합니다. 키워드가 없거나 따로 노는 책은 그다지 좋은 책이 아닙니다. 좋은 책일수록 몇 개의 키워드가 책 전체를 지배하고 있습니다.

그래서 키워드 간 상관관계를 그림으로 그려보면 좋습니다. 물론 상관관계가 전혀 없을 수도 있습니다. 그렇다면 키워드를 서로 떨어뜨려 놓으면 됩니다. 그러나 만약 키워드가 서로 긴밀하게 연결되어 있다면, 반드시 그림을 그리면서까지 관계에 파고들어 가야 합니다.

대체로 삼각형 도식의 '변증법'이 적당합니다. 정반합(正反合)의 구조가 적당한 거죠. A라는 테제(These)가 있고 그에 반대되는 안티테제(Antithese) B가 있습니다. 그 결과 A와 B를 만족시키는 새로운 씬테제(Synthese) C를 만들어냅니다. 이처럼 당신도 3개의 키워드로 삼각형을 만들어야 합니다. 마치 '나-너-우리'처럼 말입니다. '너와 나의 연결고리 이건 우리 안의 소리'. 랩 아시죠? 키워드 간 연결고리를 쓰는 것이 서평입니다. 다시 말해, 키워드를 추출하여 연결해두면, 그것만 설명해도 서평으로 충분합니다. 키워드 간 관계가 곧 책의 내용이고, 서평이니까요.

5.

내 핵심문장을
머릿속으로 만들어낼 것

저자의 핵심문장을 여러 군데 발견했고, 또 미리 타이핑 쳐두었습니다. 우리는 인용할 때 쓰려고 저자의 핵심문장을 먼저 모아두었죠. 그리고 우리 서평러 역시 핵심문장을 머릿속으로 만들어내야 합니다. 그래서 이 책 전체를 한마디로 할 수 있는, 한 방. 그 한 방을 본격적인 서평을 쓰기에 앞서 머릿속으로 만들어내야 합니다. 그 한 문장을 위해 서평을 계속 써가는 거죠. 그

한 문장이 나올 때까지 서평을 쓰는 겁니다. 물론 그 한 방이 바로 터져 나오면 땡큐지만, 그게 쉽진 않죠.

따라서 제가 당신께 제안하는 것은, 키워드를 토대로 한 핵심문장을 제안합니다. 맨땅에 헤딩은 힘들잖아요. 마음속에 품고 있는 짝사랑처럼, 그 사람만 생각하면 모든 것이 그 사람을 향합니다. 서평도 마찬가지. 핵심문장 하나만 생각해보세요. 그리고 글을 써보세요. 핵심문장을 향해 모든 문장이 달려갈 겁니다. 그러니, 핵심문장을 책을 읽어가면서, 읽고 나서, 서평을 쓰기 전에, 서평을 쓰면서 계속 생각하고 있어야 합니다. 서평이 끝날 때까지 말입니다.

그래서 제가 '또' 서평 쓰기 워밍업의 '필살기'를 준비해보았습니다. 눈치채셨죠? 네 그렇습니다. 〈서평 초고지〉를 쓰면 됩니다. 이제 당신은 〈서평 초고지〉 도표의 빈칸을 채우면서 동시에 서평을 써야 합니다. 이 초고지가 서평의 길잡이를 할 것입니다. 제가 보증합니다! 이 초고지의 도표를 채우고 서평을 쓰는 것과 아무것도 없이 서평을 쓰는 것은 하늘과 땅 차이.

물론, 우리가 초보, 초보 운전자라서 그렇습니다. 익숙해지면 이런 도표도 필요 없고 질문지, 초고지 등이 다 필요 없겠죠. 바로 서평으로 직진할 수 있습니다. 당신들 중 서평 능력이 출중해서 이런 '자전거 보조 바퀴' 같은 것 필요 없이 바로 달릴 수 있는 분도 분명히 계실 겁니다. 그러나 대체로 많은 분들이 서평 초보입니다. 이 책을 보고 계시는 당신도, 저도 마찬가지고요. 우리 곁'초보'은해서 다른 초보님께 은혜를 갚도록 합시다!

서평 초고지 (예시)

예상독자	성과중심의 현실을 마주하고 있는 30대 중반 직장인 남녀
5가지 질문	① 무엇(주제)에 대한 책인가? → 성과중심의 현대사회를 비판하면서 진정한 피로, 영혼의 문제를 다룬 책이다 ② 저자는 주제를 어떻게(논점) 다루고 있는가? → 현대인의 우울증과 SNS상 '좋아요' 등의 사례를 통해 자본주의의 부정적인 면모를 비판적으로 다루면서 사색할 수 없고 분노할 수 없는 현시대를 진단하고 있다. ③ 이 책의 장점은 무엇인가? → 현대사회의 철학적인 문제를 보다 쉬운 사례로 설명하고 있으며, 그가 제시하고 있는 개념어들이 한눈에 들어온다. ④ 이 책의 단점은 무엇인가? → 다양한 서양철학을 논의 기본 토대로 삼고 있기 때문에 철학에 대한 이해나 정보가 부족한 독자에게는 다소 어렵게 느껴질 수 있다. ⑤ 이 책을 어떤 독자에게 추천하겠는가? → 취업은 성공했으나, 열정페이 강요로 탈진 상태에 빠진 직장인
저자 문장 VS 내 의견 (5문장 이상)	① 면역의 근본 특징은 부정성의 변증법이다. (16p) → 동의. 우리 사회는 면역학적으로 부정성을 회피하려 한다. 그래서 위험하다. ② 무한정한 '할 수 있음'이 성과사회의 긍정적 조동사이다. (24p) → 동의. 자본주의는 현대인에게 무조건 '할 수 있다', '괜찮다'만 강요한다. ③ 인간은 사색하는 상태에서만 자기 자신의 밖으로 나와서 사물들의 세계 속에 침잠할 수 있는 것이다. (35p) → 반대. 사색하는 상태는 어떤 상태인가. 앞으로 인간은 비인간(사물)과의 관계 속에서도 사색이 가능할 것이다. 물론 '디지털 기기 디톡스'도 고민해야 할 부분. ④ 분노는 현재에 대해 총체적인 의문을 제기한다. (50p) → '분노'와 '짜증'이 어떻게 다른지 분석하면 재미있겠다. ⑤ 성과사회는 그 이면에서 극단적 피로와 탈진 상태를 야기한다. (66p) → 어쩔 수 없다. 경쟁이 점차 심화되고 있는데, 그럼 그냥 가만히 있으라고? 극단적 피로와 탈진 없는 삶(직업)은 어떤 것인지 고민할 필요가 있다. 이 책은 문제만 제기한다. 해결책은 없다.

키워드 연결 (삼각형 3개 이상)	① 성과사회-좋아요-피로사회 ② 복수형 긍정-부정성-분노와 짜증 ③ 탈진의 피로-근본적인 피로-인간 영혼의 문제
핵심 문장	성과사회는 우리 스스로 착취하게 한다. 탈진할 수밖에 없는 현대사회에서 우리는 어떻게 살아가야 할 것인가.

서평도
레이아웃

저는 레이아웃을 참 좋아합니다. 출판사에서 오래 일을 했기 때문에 아무래도 직업병이 그 원인이겠죠. 요즘은 워낙 예쁜 책이 많이 나와서, 전처럼 글 밥 많은 책은 사람들의 이목을 사로잡지 못합니다. 표지는 무조건 세련되고 예뻐야 합니다. 본문 레이아웃이 신박한 것도 많고요.

여기서 '레이아웃(lay-out)'은 디자인, 광고, 편집 등에서 구성요소를 효과적으로 배열하는 일이라는 사전적 의미가 있습니다. 쉽게 말하면 디자인 구성요소를 가독성 있게 배치하는 일이죠. 책에서는 글 밥이 눈에 잘 들어오도록 배치하는 일입니다. 섹션과 부를 어떻게 분리하고, 대제목을 어떤 식으로 배치하며, 소제목은 어떻게 할지 고민하는 것이 바로 레이아웃. 글씨 크기를 다르게 하거나, 글씨 색깔을 다르게 하기도 합니다. 요즘에는 쪽번호가 좌우 여백에 위치하거나, 상하 여백에 특이하게 배치되면서 심미성을 높이고 있습니다. 글 밥의 정렬은 말할 것도 없고요. 글씨체도 아주 제각각입니다. 지금 이 책도 마찬가지. 레이아웃의 구성요소들을 다양하고 특별하게 의도하여 배치하고 있습니다. 소제목과 본문 간의 들여쓰기로 가독성을 높이고자 했습니다. 쪽번호 옆에 장(챕터) 제목을 넣어서 쉽게 챕터를 구분할 수 있도록 의도하였습니다.

글도 마찬가지입니다. 어떤 글이든 간에 레이아웃이 존재합니다. '서론-본론-결론'도 큰 틀에서 보면 글의 레이아웃이죠. 가독성을 높이는 일이니까요. 논리적인 가독성과 함께 시각적 가독성을 동시에 높이는 것이 바로 레이아웃. 유기적인 논리 흐름과 더불어 가독성을 높이기 위해 적절한 위치에 글을 배치하는 것이죠.

서평도 마찬가지. 일반적인 서평 관련 책이나 강의들을 찾아보면 서평의 레이아웃은 다음과 같이 정리(정의)되어 있습니다.

책에 대한 인상 서술→서지 및 작가 정보 제시→내용 요약→책의 특성과 가치 평가→퇴고

이런 일련의 순서가 매겨져 있습니다. 일반적이죠. 그래서 우리는 생각합니다. 아, 서평도 논문처럼 절차가 있고 순서가 있구나. 그래서 이 순서에 맞추려고 다들 노력하게 됩니다. 그게 우리가 여태 겪어왔던 (서평이라고 생각했던) 독후감이죠. 독서논술학원에서 빈칸 채우게 시키는 그런 독서 노트처럼 말입니다. 당연히 재미는 (엄청나게) 없죠.

서평이 그동안 어려웠던 이유는 '노잼'이라서 그렇습니다. 논문 쓰듯이, 논설문 또는 설명문 쓰듯이 딱딱하게 썼기 때문입니다. 정해진 절차를 지키느라 재미가 없었던 거죠. 당신도 서평 같은 것 써봐서 잘 알잖아요. 얼마나 재미없고 힘든 일인지. 중고등학교 학창 시절의 수행평가를 떠올려보세요. 얼마나 하기 싫었습니까. 책을 쳐다보기도 싫은데, 독후감까지 쓰라고 시키다니. 노잼 혹은 멘붕. 이 2가지 단어로 상황을 정리할 수 있을 것 같습니다.

그렇기 때문에, 우리 대부분 서평 쓰기에 대한 두려움을 지금도 어느 정도 갖고 있을 겁니다. 어렵지 않을까 하고 말이죠. 그러나 제가 있습니다, 여러분! 서평도 '액체 괴물'처럼 자유자재로 가지고 놀 수 있습니다! 한동안 액체괴물, '액괴'가 유행했었죠. 초등학생들이 한창 갖고 놀았습니다만, 저도 아들 따라 몇 번 가지고 놀아봤습니다. 신박하더라고요. 촉감도 특이하고요. 여기에 이것저것 갖다 붙일 수도 있고, 이런저런 색을 첨가할 수도 있습니다. 게임 〈로블록스〉나 〈마인크래프트〉, 〈동물의 숲〉처럼 자유도가 무척 높은 놀이죠.

서평도 마찬가지! 이제 제대로 된 서평 쓰기를 알려드리겠습니다! 이미 앞 장에서 맛을 보셨겠지만, 그동안의 서평 쓰기는 잊으시길. 상상도 못할 서평 쓰기가 준비되어 있습니다. 노잼, 멘붕의 서평 쓰기는 이제 그만. 제가 제대로 서평 쓸 수 있도록 알려드리겠습니다. 특히 그동안 논문처럼 써왔던 서평의 순서는, 이제 잊으세요. 제가 신박하고 재미나는 서평을 알려드리겠습니다. 논문 같은 서평, 서평 같은 논문. 이제 안녕. 논문은 논문답게, 서평은 서평답게.

　　최근 삼성전자에서 액정이 접히는 갤럭시Z 플립과 갤럭시Z 폴더를 출시했습니다. 현재 애플의 대항마로 전 세계적인 인기를 구가하고 있습니다. 2022년 하반기에 플립 4와 폴더 4가 나올 예정이라고 합니다. 특히 플립은 저도 구매할 의향이 있습니다. 가격이 좀 더 떨어지면 구매할 계획인데요.

　　여기에 더해서 삼성전자는 〈갤럭시Z 플립3 비스포크 에디션〉을 내놓았습니다. 삼성전자는 가전제품 색깔을 마음대로 '커스터마이징(customize)'할 수 있도록 '비스포크(BESPOKE, 말하는 대로 되다)' 시리즈를 2019년부터 발매하기 시작했습니다. 스마트폰도 그렇게 비스포크가 가능하도록 에디션을 출시한 거죠. 총 49가지의 조합이 가능하다고 합니다. 장난 아니죠. 일명 '폰꾸', 폰꾸미기를 좋아하는 MZ세대를 겨냥한 에디션입니다. 세계적으로 반응이 매주 좋다고 합니다.

　　그런데 제가 왜 갑자기 '비스포크'를 말씀드릴까요. 네, 그렇습니다. 서평도 비스포크가 가능합니다! 서평도 재미나는 '폰꾸'처럼, 49가지의 조합을 할 수 있습니다. 어떻게요? 레이아웃만 명확하면 됩니다. 이게 무슨 말인지, 더 자세히 설명하겠습니다. 이제, 서평도 비스포크. 외워두세요! '재미나는 서평'을 알려드리겠습니다!

'서평 비스포크'. 이 세상에 없는 말입니다. 제가 만들어냈습니다. 물론, 삼성전자에서 '뒤 광고' 받지 않았음을 밝힙니다. 신박한 조합이죠? 이제 서평도 커스터마이징할 수 있습니다. 어떻게 하는지 알려드릴게요. 몇 가지만 예로 들겠습니다.

<u>TYPE 1 : 보급형(기본형)</u>

1. 서지 정보 제시
2. 주요 내용(줄거리) 요약
3. 핵심문장 발췌 및 분석(해석)
4. 전체 평가 및 추천 이유

▷가장 일반적인 구성(제일 노잼인 구성)

타입 1. 보급형이자 기본형이라 할 수 있죠. 가장 먼저 서지 정보를 제공하고 주요 내용과 줄거리를 요약합니다. 뒤이어 핵심문장을 발췌하고 분석합니다. 해석하기도 하고요. 마지막으로 이 책에 대한 전체 평가를 하고 추천 이유를 말합니다. 대체로 많은 서평 관련 책에서 소개하는 방식입니다. 크게 틀린 것도 없고, 크게 잘못된 것도 없죠. 다시 말해, 가장 일반적인 구성입니다. 제일 '노잼'인 구성이기도 하고요.

물론, 보급형은 그대로만 해도 '평타'는 칩니다. 크게 못 쓰지 않는 이상, 절반 먹고 들어갑니다. 형식이 내용을 지배한다는 말이 있듯이, 절차에 따라 쓰기 때문에 논리적인 흐름도 크게 문제없이 잘 흘러갑니다. 다만, 평범하다는 것. 그래서 평타 이상을 치기 어렵다는 것. 그것이 장점이자 단점입니다. 보급형이 다 그렇죠. 그래서 저는 보급형을 뛰어넘는 고급형을 여러분께 알려드리고자 합니다. 여러분 마음에 드시는 것으로 고르세요. '폰꾸'하듯이 '서꾸'하세요!

서평 비스포크 고급형을 몇 가지 알려드리겠습니다. 물론 당신께서 더 자유롭게 '커스텀'할 수 있습니다. 당신이 좋아하는 방식으로 조합하시면 됩니다. 그중 몇 가지만 간단하게 알려드릴게요.

<u>TYPE 2 : 고급형-A</u>

1. 인상적인 문장 제시
2. 서지 정보 제시
3. 주요 내용(줄거리) 요약
4. 전체 평가 및 추천 이유

▷가장 세련된 구성(인용문으로 승부)

가장 먼저 고급형-A. 이건 제가 제일 선호하는 타입입니다. 인상적인 문장을 먼저 깔고 시작합니다. 이목을 집중시키는 거죠. 글의 첫 문장이 매우 중요하잖아요. 저자의 글을 가져오는 겁니다. 그러면 머리 쥐어짜면서 내 말을 할 필요가 없습니다. 제 나름의 꼼수죠. 그리고 나서, 서지 정보와 저자 정보를 간단하게 흘립니다. 뒤이어 주요 내용과 줄거리를 요약하되, 되도록 짧게 합니다. 뒤이어 나서 평가와 추천 이유를 적습니다. 고급형-A에서 가장 중요한 것은 인상적인 문장으로 스타트를 끊는다는 점입니다. 가장 세련된 구성이고, 인용문으로 승부를 보는 구성입니다. 물론 2번과 3번 혹은 4번의 순서가 바뀌어도 상관없습니다. 여러분들도 고급형-A를 써보세요. 서평이 '고급집니다'.

TYPE 3 : 고급형-B

1. 추천 대상 및 추천 이유
2. 주요 내용(줄거리) 요약
3. 핵심문장 발췌 및 분석(해석)
4. 전체 평가

▷다짜고짜 추천(약장수 구성)

고급형-B. 추천 대상과 추천 이유를 가장 먼저 밝힙니다. 서지 정보도 함께 제공되겠죠. 이 책이 이런 분한테 참 좋습니다 하고 '밑밥'을 깝니다. 그리고 주요 내용을 요약하고 핵심문장을 발췌하여 분석합니다. 자 봐봐, 이래서 이런 사람한테 좋은 책이라니까, 하고 설득하는 거죠. 마지막으로 전체 평가가 이어지고요. 쉽게 말해 이 구성은 다짜고짜 책을 추천하는 '약장수 구성'입니다. 일단 좋으니, 한번 봐봐 하고 강하게 책을 권유합니다. 이것도 좋은 구성이죠. 빙빙 둘러 이야기하지 않고, 직진입니다. 군말 필요 없고, 이 책 참 좋으니까 얼른 봐라 하고 추천부터 하는 거죠. 썩 괜찮은 구성입니다.

물론 제 성격상, 이 구성은 제가 선호하는 스타일이 아닙니다. 저는 처음부터 강하게 밀어붙이는 스타일이 아니고, 은근히 밀어붙이는 스타일이라서요. 글도 그렇고 인간관계도 그렇고 제 삶도 그렇습니다. 아 그러고 보니, 인생도 비스포크네요! 저는 강의자, 연구자, 편집장, 시인이라는 레이아웃을 커스텀하고 있네요. 당신은 당신의 삶을 어떻게 비스포크하시는지요?

TYPE 4 : 고급형-C

1. 현실 문제 제시
2. 책 내용 전체 요약
3. 핵심문장 발췌 및 분석(해석)
4. 전체 평가

▷공격적이고 진지한 구성(교수님style)

고급형-C. 책을 본격적으로 소개하기 전에 현실 문제를 제시합니다. 현실에 이런 심각한 문제가 있다. 우리 이제 어떻게 하지. 이런 문제를 해결하기 위해 이 책을 읽어야 해, 하고 책 내용을 요약하고 핵심문장을 발췌하고 해석합니다. 이 책을 통해 이런 현실 문제를 어느 정도 해결할 수 있다는 가능성을 보여주는 거죠. 예컨대, 앞서 제가 〈서평 질문지〉, 〈서평 초고지〉에서 예로 들었던 한병철의 『피로사회』라는 책은 우리 현대사회를 비판적으로 바라보게 합니다. 물론 완벽한 해결책을 제시하지는 않지만, 현실 문제에 대한 일종의 대안 혹은 실마리를 제공하기에는 부족함 없는 책입니다.

그래서 고급형-C는 공격적이고 진지한 구성입니다. 교수님들이 좋아하죠. 물론 저도 좋아하지만, 저는 앞서 말씀드렸다시피, 고급형-A를 더 선호합니다. C형은 자칫하면 현실 문제를 이 책 한 권으로 모두 해결할 수 있다는 위험한 발상에 빠지게 합니다. 그렇게 쉽게 해결될 문제였으면, 현실에서 문제가 되지도 않았을 겁니다.

TYPE 5 : 고급형-D

1. 책 표지 등 인상평(사연) 제시
2. 핵심문장 발췌 및 분석(해석)
3. 주요 내용(줄거리) 요약
4. 전체 평가

▷출판계 구성(블로그+서평단 알바)

고급형-D. 책 표지와 레이아웃에 대한 평가, 글과 저자에 대한 인상을 평가하면서 글을 시작합니다. 뒤이어 핵심문장을 분석하고 주요 내용을 요약해줍니다. 마지막에 전체 평가를 하죠. 개인사가 얽혀 있거나, 책에 대한 어떤 사연이 있을 때 가능한 구성입니다. 그리고 이것은 실은, 출판계의 구성이죠. 서평단 혹은 서평단 알바생이 서평 쓰듯, 책을 사고 싶게 하는 구성입니다. 제가 몸담고 있기도 한 출판계의 구성입니다. 일반적으로 인터넷서점에서 쉽게 찾아볼 수 있는 구성입니다. 블로그와 글쓰기 플랫폼의 구성이기도 합니다.

아무래도 우리 대학생 영역에서는 잘 쓰지 않는 구성입니다. 독서 모임이나 서평단 계열 혹은 블로그, 글쓰기 플랫폼 등에서 쓰는 구성입니다. 나쁜 구성은 아니지만, 책 표지 등에 대한 특별한 인상이 없거나, 특별한 사연이 없으면 쓸 수 없는 구성이죠. 또한 자칫 잘못하면 독후감으로 떨어질 수도 있습니다. 개인 사연이 책과 얽히면서 책에 대한 감상으로 글이 계속 이어질 수도 있으니까요.

솔직히 말씀드리면, 이 구성은 그다지 추천할 만한 구성은 아닙니다. 그러나 당신이 서평단에 (알바를 뛰고) 있거나 출판계에 종사할 계획이 있으시다면, 주목할 필요는 있습니다.

TYPE 6 : 실속형

1. 주요 내용(줄거리) 요약
2. 핵심문장 발췌 및 분석(해석)
3. 전체 평가 및 추천 이유

▷급할 때 하는 구성(독후감style)

대망의 마지막 타입. 바로 실속형입니다. 말 그대로 실속만 차린 구성입니다. 주요 내용과 줄거리를 요약하고, 핵심문장을 분석하면서 전체 평가로 끝을 냅니다. 이것이 바로 우리가 급할 때 하는 구성이죠! 독후감을 생각하시면 됩니다. 물론 이것 역시 보급형과 비슷합니다. 서지 정보가 누락되어 있습니다. 실속형에서 서지 정보는 아마 부제로 달려 있겠죠. 그리고 책에 대한 소개나 저자에 대해 소개는 하지 않습니다. 말 그대로 실속형.

그렇다고 해서 이 구성이 나쁘다는 것은 아닙니다. 다만, 앞서 좋은 구성이 있고, 또 다양한 커스텀이 가능한데, 아무 노력 없이 실속형을 쓴다는 것은 본인의 능력치를 미리 한계 짓는 것과 다름없습니다. 얼마든지 더 잘 쓸 수 있고, 얼마든지 더 고급지게 쓸 수 있는데, 몰랐다면 어쩔 수 없지만, 이미 알고 있다면 노력해야죠. 제일 나쁜 사람이 알고도 안 하는 사람이라고 배웠습니다.

자, 간단하게 비스포크 몇 가지 살펴봤습니다. 물론 레이아웃은 더 다양하고 커스텀도 얼마든지 가능합니다. 어떻게 조합할지는 당신의 취향과 스타일대로. 당신의 서평을 기대하겠습니다.

남들과 똑같은 구성, 남들과 똑같은 논리 흐름. 재미없잖아요. 독자도 싫어합니다. 무엇이 더 독자의 마음을 사로잡을지 고민해야 합니다. 서평 관련 책에서 일러준 대로 쓴 일반적인 서평과 나름대로 고심하여 커스텀한 서평. 어떤 서평이 더 잘 읽히고 더 재미있을까요. 글의 퀄리티는 기본입니다. 이제 레이아웃의 퀄리티도 높여야 합니다.

그렇습니다. 그동안 서평을 비롯해 글쓰기가 어려웠던 것은 모두 고정관념 때문입니다. 논문은 이래야 해, 서평은 이래야 해. 서평의 절차는 이렇지. 글은 이 순서대로 써야 해. 이런 고정관념'들' 때문에 쉽게 글쓰기에 다가가지 못한 겁니다 우리는. 이제 하나씩 깨뜨리세요. 서평도 비스포크처럼 다양한 레이아웃을 보여주세요. 당신 개성대로 써주시면 됩니다.

이제, 당신께서 조금은 제 생각을 간파했을 것으로 생각합니다. 맞습니다. 글쓰기는 형식이 없습니다. 전략만 있을 뿐이죠. 저는 지금까지 당신께 글쓰기의 전략만 말씀드렸습니다!

모든 글쓰기는 쓰는 내가 즐거워야 독자도 즐겁습니다. 폰꾸하는 즐거움처럼, 서평도 글쓰기도 내 마음대로 커스텀하면서 즐거워야 합니다. 쓰는 내가 재미있고 즐거워야 독자도 재미있고 즐겁습니다. 내가 내 글을 읽으면서 킥킥거리지 않는다면, 독자도 마찬가지. 내가 내 글을 읽으면서 빵빵 터지거나 쉬지 않고 웃는다면, 독자도 빵빵 터집니다. 이제 우리 즐겁게 씁시다. 아니, 즐거울 일만 남았습니다. 저도 당신과 함께 즐기겠습니다.

숨 가쁘게 달려왔습니다. 엄청 많은 것을 알려드렸고 강조했습니다. 너무 많아서 문제죠. 죄송하게 생각합니다. 물론, 저는 당신이 제가 알려드리고 소개한 것들을 모두 실천하리라 생각하지 않습니다. 저 역시 모든 것을 다 신경 쓰지 못합니다. 다만, 당신께서 글을 쓰실 때 제가 알려드린 것 중 하나라도 기억하시면 그것으로 충분합니다!

제가 당신께 그리고 나 자신에게 바라는 것은 딱 하나. 그것인즉, 눈보다 손이 더 빨라지는 것입니다. '손은 눈보다 빠르다.' 영화 〈타짜〉의 대사입니다. 습관이 되어서, 눈으로 보는 것보다 손이 먼저 가는 거죠. 그러니까 생각하기 전에 이미 타자를 치고 있습니다. 이미 문장을 완성해가고 있는 그런 단계에 당신이 돌입하셨으면 합니다. 제가 이 책을 통해 꿈꾸는 것이 바로 이것입니다!

당신은 (쉽고 빠르게) 글을 쓰고 있습니다. 그런데 제가 앞서 말씀드린 요소들이 이미 다 들어가 있습니다. 서두가 중요해, 그러면 서두를 어떻게 쓸까 하고 고민하기 전에, 이미 서두에 목숨을 걸고 있고, 이미 책을 읽으면서 메모하고 있고 질문하고 있습니다. 이미 문장을 써가면서 신경 쓸 것들을 모조리 챙기고 있습니다.

그래서 제가 '또' 준비했습니다. 마지막입니다. 본격적으로 서평 쓰기에 돌입할 때 필요한 서평 쓰기 실전 전략 10가지. 실제로 당신께서 서평 쓰실 때 '반드시' 참고해야 할 사항들입니다. 한 100가지 정도 참고해야 하지만, 제가 줄이고 줄여서 정말로 실전에 필요한 10가지만 말씀드리겠습니다. 이 중 몇 가지만 지켜도 당신의 서평은 예전의 서평과 차원이 다를 것입니다. 더욱이 지금 당신께 알려드리는 팁들은 제가 이 세상 모든 서평 책과 모든 논문과 그동안의 제 모든 공부를 통째로 갈아 넣은 것입니다!

1.
서지 정보는
글 부제에 넣을 것

서지 정보(지은이, 책 제목, 출판사, 발간 연도 등)를 본문에 따로 적을 필요 없습니다. 블로그 서평처럼 서지 정보가 한눈에 보이도록 쓰면 됩니다. 그러나 당신이 블로그에만 서평을 쓸 것이 아니기 때문에, 당신 서평에 서지 정보는 글 제목과 함께 들어가게 하는 것이 좋습니다.

아마도 당신은 지금까지 글 제목을 이렇게 정했을 겁니다. 〈홍성수의 말이 칼이 될 때를 읽고〉. 그러나 이것은 제목이 아니라 부제입니다. 독후감 제목이 이랬었죠. 예컨대, 이제 우리는 '혐오 표현은 표현의 자유가 아니다'라는 제목을 쓰고, 부제로 서지 정보인 '홍성수,『말이 칼이 될 때』(어크로스, 2018)'가 들어가야 합니다. 글 제목에 책 제목이 들어가게 하는 방법도 있지만, 그러려면 책 제목이 조금 짧아야 하며, 여러 제약이 따릅니다. 블로그용 서평은 딱 좋긴 합니다만, 우리는 블로그 서평을 쓸 것이 아니기 때문에, 반드시 부제에 서지 정보가 들어가야 합니다.

2.
작가 소개는
간단하게

작가가 누구든 간에 서평을 읽는 독자는 대체로 작가에 대한 이해가 어느 정도 있는 사람입니다. 따라서 작가의 약력을 줄줄 욀 필요가 없습니다. 책과 서평을 볼 사람은 이미 작가에 대해 검색했겠죠. 당신이 (예전에) 독후감 썼을 때는, 분량을 늘이기 위해 어쩔 수 없이 작가 소개를 많이 썼을 겁니다. 어디서 태어나 어떤 초중고 대학을 나왔고 어떤 환경에서 자랐으며 어떤 일을 하면서 어떤 특별한 경험을 했는지 등 '투머치 토커(too much talker)'처럼 다 썼을 겁니다.

그러나 이렇게 작가 소개가 길어질수록 글의 통일성과 레이아웃을 망칩니다. 그렇지 않아도 가뜩이나 할 말이 많은데, 작가 소개에 시간을 '조금도' 할애할 수 없습니다. 그러니, 작가 소개 분량만으로도 어떤 글이 퀄리티가 있는지 없는지 단번에 알 수 있습니다.

　　8장 서평 쓰기 실전 전략

최대한 작가 소개는 최소한으로! 예컨대, 작가 OOO의 책은 한국 사회에서 큰 반향을 일으켰는데, 특히 어떤 비판은 다양한 논의를 주도해나갔다. 이런 식으로 짧게 치고 빠지는 겁니다. 작가 소개는 네이버나 다음과 같은 포털의 인물 정보 혹은 인터넷서점의 저자 정보에 맡기세요. 우리는 우리의 갈 길을 가야 합니다.

3.
책 내용과 줄거리 요약은
짧고 굵게

작가 소개와 마찬가지입니다. 책 내용과 줄거리는 네이버나 인터넷서점에 맡기세요. 블로그에도 많고 이런저런 곳에서 쉽게 확인할 수 있습니다. 짧게 요약할수록 고수입니다. 분량 채우기 하지 마세요! 내용 요약도 하수와 고수를 구분하게 합니다. 하수일수록 줄거리 요약과 책 내용 소개가 글에 가득하겠죠. 분량 뽑아야 하니까요.

그러나 고수는 줄거리나 내용 따위에 신경 쓰지 않습니다. 최대한 짧게 요약하고 빠집니다. 오히려 정말 중요한 핵심문장을 인용하고 그것에 대해 해석하고 분석하는 것에 더 많은 시간을 투자하죠. 이에 따라 줄거리와 내용은 자동으로 딸려 나옵니다.

예를 들어보겠습니다. 일본의 영화감독 고레에다 히로카즈의 책 『작은 이야기를 계속하겠습니다』를 서평 한다고 해봅시다. 그러면 우리는 책의 내용과 줄거리를 구구절절 적습니다. 이런 정보는 포털에 검색하면 바로 '복붙'할 수 있죠. 그러나 이런 내용 요약이 서평에 그다지 도움 되지 않는다는 것은 이미 당신도 알고 있습니다! 서평이 책을 소개하니까, 책 내용을 잘 알려줘야겠다고 생각할 수 있지만, 그게 아닙니다. 책을 소개한다는 것은 이 책이 왜 좋은지를 설명하는 것으로 충분합니다. 내용을 왜 '스포'합니까. 내용은 독자가 직접 읽게 해야죠.

과감하게 내용과 줄거리를 삭제하고, 우리는 이렇게 깔끔하게 정리할 수 있습니다. "이 책은 고레에다 히로카즈가 30년 가까이 영화를 만들면서 어떤 태도로 세상을 바라보고 영화를 찍으려 했는지, 그 생각의 궤적과 진화 과정을 담고 있다." 끝. 이보다 더 짧고 굵은 요약은 없을 겁니다. 우리 이제, (제발) 독후감 쓰지 말고, 서평 씁시다!

4.

정말 좋은 문장을
인용할 것

당연한 말입니다. 이미 우리는 〈서평 질문지〉에 인용할 만한 문장들을 적어두었습니다. 서평 쓸 때 바로 써먹으려고요. 맨땅에 헤딩하는 것보다는 훨씬 낫죠. 이것부터 시작하면 되니까요. 그러나 이때 인용할 문장은 뼈를 때리는 문장이어야 합니다! 문장 하나에 숨이 탁 막혀야 하고, '와, 대박이네' 하는 혼잣말이 바로 나와야 합니다. 그리고 그 문장을 포털에 입력했을 때 그 누구나 하는 말이 아닌, 오직 그 작가만이 한 말일수록 더욱 글이 빛납니다. 그 작가만의 고유성을 갖고 있으니까요.

'팩폭'하며 뼈를 때리는 문장, 더 이상 설명하지 않아도 단번에 인식되는 문장을 서평에 인용해야 합니다. 그 문장이 서평을 더욱 빛나게 할 것이며, 그런 문장을 잘 활용할수록 당신의 서평은 퀄리티가 더욱 높아질 것입니다. 이미 그 문장들을 확인하는 것만으로도, 그 책을 사게 하는 힘을 갖습니다. 설득력이 계속 올라가는 거죠. 그 문장들이 당신의 글에 신뢰하게 합니다.

예를 들어보겠습니다. 한병철의 『투명사회』에서 한 문장 가져오겠습니다. "육체는 최적화시켜야 할 전시 대상으로 사물화된다." 네이버에 이 문장을 쳐보았습니다. 바로 한병철이 나옵니다. 한병철만의 문장입니다. 명확한 현실 진단이자 '팩폭'입니다. 쉬운 문장입니다. 누구나 쉽게 이해할 수 있죠. 그러나 굉장히 사회철학적인 문장입니다. 누구든 고민하게 하죠. 이런 문장을 인용하는 것을 넘어서 당신도 이제, 이런 문장을 쓰게 될 날이 곧 올 것이라 저는 믿습니다.

5.
좋은 문장에
숟가락(해석)을 얹을 것

좋은 문장을 가져온 것으로 성이 차지 않습니다! 가져온 문장을 (아주 잘) 해석해야죠! 해석해서 독자를 (아주 잘) 이해시키고 설득해야 합니다. 더욱이 핵심문장만 해석하고 분석해도 글의 분량이 '쭉쭉' 나옵니다. 그러니 서평을 모두 내 말로 쓸 필요가 없습니다. 책의 좋은 문장을 가져와서 그것을 해석하기만 해도 서평으로서 가치가 충분합니다. '숟가락' 얹고 보는 거죠.

예를 들어보겠습니다. 아까 예로 들었던 문장 한 구절입니다. "육체는 최적화시켜야 할 전시 대상으로 사물화된다." 이제, 이 문장을 해석해봅시다. "잘 관리된 몸매와 얼굴, 누가 봐도 명품인 옷과 액세서리는 이제 사치의 대명사가 아니라 선망의 대상이 되었다. 현대사회에서 우리의 가치는 보이지 않는 것이 아닌, 보이는 것으로만 평가된다. 우리는 우리 자신의 일상을 모두 SNS에 전시한다. 전시가치가 우리의 가치가 되었다." 일단 제가 두서없이 적어보았습니다. 이보다 더 많이 쓸 수 있죠 사실. 문장 하나로 몇 문장을 만들어냈습니다. 분량도 확보할 수 있고, 풍부하고 좋은 해석일수록 서평의 가치는 올라갑니다.

우리는 이미 〈서평 질문지〉에 다섯 문장을 써두었습니다. 이 다섯 문장만 해석해도 A4용지 2장 넘는 것은 식은 죽 먹기죠. 이제 우리는 작가 소개와 내용 요약으로 분량 뽑지 말고, 문장 해석으로 분량 뽑읍시다. 역지사지로 당신께서 어떤 책을 사고 싶어 서평을 읽는다고 가정해 보세요. 작가 소개와 내용 요약 가득한 서평을 읽겠어요? 좋은 문장을 소개하고 해석한 서평을 읽겠어요? 답은 뻔합니다!

6.

중요 키워드로
단락을 만들 것

단락은 글의 의미 덩어리입니다. 수제비 반죽 뜨듯 적당한 크기로 문장을 배분해야 합니다. 우리는 이미 〈서평 질문지〉에서 키워드를 뽑았습니다. 이제 이 키워드를 적절히 활용하면 됩니다. 키워드가 길을 안내할 것이니, 키워드로 소제목을 만들면 됩니다. 참 쉽죠? 질문지에 키워드를 써둔 이유가 바로 여기에 있습니다. 그 키워드를 중심으로 논리를 펼쳐나가는 겁니다.

예컨대 한병철의 『투명사회』에서 키워드를 '성과사회'라고 한다면, 소제목으로 '성과사회'. 딱 이렇게 쓰면 재미없습니다. 나름의 매력적이고 흥미로운 제목을 만들어야 합니다. 이를테면, '성과사회와 직장인의 하루 일과'. 물론 제가 지금 말씀드린 제목 역시 그다지 매력적이지 않지만, 그래도 할 말이 많아집니다. 단락을 만들 수가 있습니다. 만약 키워드가 없다면 어떻게 논리를 이어가야 할지 막막하겠죠? 이때의 막막함을 해결해주는 것이 바로 키워드!

키워드를 중심으로 단락을 만들어가면 좋습니다. 이때 키워드는 핵심문장과 연관되어 있거나, 핵심문장 중에 키워드가 있으면 더욱더 좋습니다. 그러니까, 책을 완전히 장악했다면 그 책의 핵심문장이 곧 키워드가 될 것이고, 그것을 가지고 서평을 쓰면 책을 완전히 씹어먹은 것이나 다름없습니다. 이러한 서평을 읽은 독자는 당장 그 책을 구입할 수밖에 없겠죠?

7.

계속 질문하고
계속 답할 것

핵심문장을 분석하고 해석하는 것과 함께 우리가 해야 할 일은 바로 이것. 계속 질문해야 합니다. 핵심문장에 질문하고, 고민해야 합니다. 그게 핵심문장을 해석하는 일이겠죠. 더욱이 스스로 질문하고 스스로 답하면 분량 역시 쉽게 확보할 수 있습니다.

이런 구조가 좋을 것 같습니다. 책의 핵심을 캐묻는 좋은 질문을 던지고, 그에 대한 답을 스스로 찾아보는데, 이때 활용할 수 있는 것이 바로 책의 핵심문장. 질문에 답을 하기 위해 저자의 문장을 활용하는 거죠. 이렇게 하면 뭐 하나 버릴 게 없습니다. 더욱이 질문하고 답해야 하니 분량은 더욱더 늘어날 수밖에 없습니다. 그리고 그 질문이 좋을수록 서평도 빛이 날 것입니다. 좋은 질문을 할 수 있다는 것은 서평러의 능력이기도 하지만, 그 책이 또 그만큼 좋아야 가능하니, 책도 빛날 것입니다.

이처럼 훌륭한 서평러에게는 출판사가 '뒤 광고'를 의뢰해야죠! 실제로 파워블로거나 인터넷서점, 출판사들은 그런 서평러들에게 일정한 페이(고료)를 주고 서평을 쓰게 합니다.

예를 들어보겠습니다. 저는 홍성수의 『말이 칼이 될 때』라는 책을 읽고 다음과 같은 질문을 하게 되었습니다. 첫째, 혐오 표현의 규제는 과연 표현의 자유를 억압하는 일일까? 둘째, 혐오주의자를 어떻게 고립시킬 수 있을까? 셋째, 혐오 표현은 한국사회의 사회경제적 불평등과 어떻게 만나는가? 제가 보기에 이 책에서 어느 정도 중요한 질문들이라고 생각하는데요. 이 질문에 대답하기 위해 저는 홍성수의 문장을 가져올 것이고, 그 문장을 해석하면서 제 나름의 사유를 펼쳐나갈 겁니다. 당신도 마찬가지. '핵심질문—핵심문장—핵심정답'의 순서로 이어지는 서평을 쓰셔야 합니다.

     8장 서평 쓰기 실전 전략

8.

책 외부(현실)를
서평에 가져올 것

　　　　　책 내용을 중심으로 글을 쓰는 것도 좋지만, 책 외부, 즉 우리의 현실도 가져오는 것이 좋습니다. 현실의 문제를 가져오면 독자를 쉽게 이해시킬 수 있거든요. 그리고 모든 책은 현실의 문제에 대한 책 혹은 문제를 해결하기 위한 책이니, 책 외부를 조금씩 가져오는 것이 좋습니다. 현실을 비판하는 소설이나 영화 등을 예로 들면 쉽게 이야기를 이어갈 수 있죠. 앞서 말씀드린 '서평 비스포크' 중의 하나입니다. '교수님 스타일'이죠.

　　예를 들어볼게요. 고레에다 히로카즈의 책『작은 이야기를 계속 하겠습니다』를 서평한다고 가정해봅시다. 저는 이렇게 글을 시작하겠습니다.

　　"2021년 9월 말 기준 1인 가구는 936만 7,000세대로 전체 가구 중 역대 최초 40%를 넘었다고 한다. 최근 '정상 가족'이라는 개념이 재정의되고 있으며, 가족의 의미 또한 새롭게 이야기되고 있다. 이 가운데 고레에다 히로카즈 감독의 영화 〈어느 가족〉은 기존의 혈연으로 맺어진 가족이 아닌 특별한 가족을 보여주며 가족의 의미를 재구성하고 있다."

　　영화를 언급하기 전에, 한국의 현실 문제를 수치로 보여줍니다. 신뢰가 가죠. 이런 상황에서 가족이라는 개념이 재정의되고 있는 것을 보여주면서, 자연스럽게 히로카즈의 문장으로 옮겨갑니다. 독자의 이해를 높이고, 문장의 유기적인 흐름을 도울 수 있으니 '금상첨

화’ 아닐까요?

이와 같이 식으로 책 외부 현실을 가져오면 서평이 더욱 빛납니다. 결국, 서평은 우리가 현실을 바라보는 관점이기도 합니다. 어떤 책을 서평 하느냐에 따라 우리의 관점이 보일 테니까요.

9.
한줄평을
준비할 것

우리 글 마지막에 ‘한줄평’으로 독자를 크게 한 방 먹입시다! 다 필요 없이 이 한 문장만으로도 책을 사게 할 수 있습니다! 제가 좋아하는 영화평론가가 한 분 있습니다. 바로 이동진 평론가. 제가 너무 좋아하는 평론가인데요. 그 평론가의 주옥 같은 영화평 중에 레전드로 꼽는 영화평이 하나 있습니다. 바로 〈조제 호랑이 그리고 물고기들〉 영화평. 제 인생 영화이기도 합니다.

“부디 우리가 도망쳐온 모든 것에 축복이 있기를. 도망칠 수밖에 없었던 우리의 부박함도 시간이 용서하기를. 결국 우리가 두고 떠날 수밖에 없는 삶의 뒷모습도 많이 누추하지 않기를.”

이 영화를 봐야 할 이유가 이미 충분하며, 이 영화를 본 사람은 이동진의 영화평에서 울컥할 것입니다. 2021년 봄에는 이동진 평론가가 TV 예능 프로 〈라디오 스타〉에도 나와 김구라를 14글자로 평했습니다. “질척거리지 않는 직선주로의 쾌감.”

서평도 마찬가지입니다. 〈서평 쓰기 워밍업〉에서 제가 핵심문장을 향해 모든 문장이 달려갈 것이라고 말씀드렸습니다. 짝사랑하

   8장 서평 쓰기 실전 전략

듯 한 문장만 생각해야 한다고 말씀드렸습니다. 그 한 문장이 바로 한줄평. 이 한줄평이면 충분합니다. 이 한줄평을 위해 그토록 많은 문장을 써왔던 겁니다. 이 한줄평으로 끝. 서평을 다 읽었는데 뭔가 허전하고 아쉽다면, 서평을 잘못 쓴 겁니다. 서평을 다 읽었는데 한 방 맞았다면, 서평을 잘 쓴 겁니다.

10. 퇴고,
퇴고, 퇴고

무슨 말을 더할까요. 퇴고의 중요성은 아무리 강조해도 지나치지 않으니, 저 역시 강조하지 않겠습니다. 이런 말이 있습니다. 밤에 쓴 연애편지는 아침에 찢어야 한다고요. 퇴고합시다 우리.

아주 깔끔하고 정확한 퇴고 방법 하나 알려드리겠습니다! 그것은 바로 소리 내 읽어가며 퇴고하기! 소리 내 읽으면서 호흡이 가빠지거나 뭔가 이상하다고 느껴지면, 그 문장은 무조건 잘못 쓴 문장입니다. 소리 내 읽었을 때 물 흐르듯 자연스럽게 흘러가야 합니다. 문장은 말하듯이 써야 합니다!

마지막으로 여기서 우리가 한 가지 더 해야 할 일이 있습니다. 바로 화룡점정! 글 제목 붙이기. 글의 제목은 글을 다 쓴 다음에 붙여야 합니다. 그 책을 한줄평으로 끝내는 역할을 하니까요. 한줄평의 한 대목을 넣어도 좋고, 단락의 소제목으로 정해도 좋습니다. 중요한 것은 그 글 전체를 아우르는 문장이어야 합니다. 글의 얼굴이라 할 수 있죠. 퇴고 때 할 일입니다. 아주 잘 정해야 합니다.

<u>서평 쓰기 실전 전략</u>

1. 서지 정보는 글 부제에 넣을 것

2. 작가 소개는 간단하게

3. 책 내용과 줄거리 요약은 짧고 굵게

4. 정말 좋은 문장을 인용할 것

5. 좋은 문장에 숟가락(해석)을 얹을 것

6. 중요 키워드로 단락을 만들 것

7. 계속 질문하고 계속 답할 것

8. 책 외부(현실)를 서평에 가져올 것

9. 한줄평을 준비할 것

10. 퇴고, 퇴고, 퇴고!!

서평 쓰기 실전 전략 10가지를 말씀드렸습니다. (솔직히) 이 모든 것을 지키기는 어렵습니다. 그러나 이러한 사항들을 하나씩 지켜 가신다면, 어느새 서평 고수가 되어 있을 것입니다. 이 10가지가 당신을 서평 고수의 길로 안내할 것입니다. 그리고 이러한 서평 쓰기 전략은 실은, 다른 글쓰기에도 해당합니다!

손은 눈보다 빠르다고 했습니다. 이제 우리는, 재미있게 쓸 일만 남았습니다.

PART 2

논문의 모든 것

대학생
과제 잔혹사

당신은 대학교 4년 내내 과제(리포트)에 시달려야 할 겁니다. 리포트는 대학에서 학생이 교수에게 제출하는 보고서라는 사전적 의미가 있지만, 대학 과제 짤이나 대학생 짤에서 볼 수 있듯이, 현실은 학점 노예, 과제 폭탄, 조별 과제 잔혹사입니다. 특히, 최근까지 코로나19로 인해 대부분의 강의가 비대면으로 이뤄지면서 과제가 정말 많아졌습니다. 교수자와 학습자가 대면하기 어려우니, 강의의 질적 하락을 막기 위해 과제와 피드백으로 강의의 질을 높여야 한다고 대학교 본부에서 하루에도 몇 개씩 공문을 교수자들에게 내려보냅니다. 전쟁을 불사합니다.

당신이 대학교를 졸업하고 취업해서 평범한 직장생활을 한다고 가정해 봅시다. 다양한 직종이 있겠지만 사무직 직장인의 경우,

오히려 대학생 때를 무척 그리워할 겁니다. 쉴 새 없이 보고서, 프로젝트 기획안 등을 만들어야 하거든요. 무한한 수정이 당신을 기다릴 겁니다.

대학원은 '대학생이 잘못해서 가는 곳'이니까 그렇다 치겠습니다. 우리의 현실을 봅시다. 당신에게 대체로 주어지는 과제 중 자잘한 것을 빼면 대부분 리포트 즉 논문입니다. 중간고사 대체 페이퍼 역시 그럴 겁니다. 서평 아니면 논문이겠죠.

우리가 흔히 겪는 논문 쓰는 과정을 떠올려 봅시다. 일단 너무 하기 싫습니다. 제출 전날까지 최대한 하기 싫어서 버티다가, 어쩔 수 없이 하는 경우가 대부분. 그런데, 교수님이 내준 주제에 대한 이해가 전혀 없습니다. 도대체 무슨 과제를 냈는지 도저히 알 수가 없습니다. 아무튼 주제를 이해했다 치고, 자료를 찾아보기로 합니다. 그런데 쓸만한 자료가 '1도' 없습니다. 인터넷에 검색된 자료들은 명확하지 않은 데다가 내 마음에 드는 자료도 아닙니다. 이러다가 인터넷 쇼핑을 하거나 게임을 하거나 유튜브를 보는 실수라도 범하게 되면… 과제는 다 했다고 봐야죠.

어쨌든 겨우겨우 정신줄 붙잡고 자료들을 모읍니다. '북붙'. 일단 붙여넣습니다. 시간에 쫓기다 보니 내 생각을 넣을 겨를 따위는 없습니다. 그래도 양심이 있지, 이런저런 내 말을 넣어보려고 애를 씁니다만, 문제는 내 문장력이 초중고생 수준. 글을 잘 쓰시는 분은 그나마 '말빨'로 커버 가능하지만, 문장력이 부족한 학생에게는 진짜 어렵습니다. 결국 우리는 참고자료만 '복붙'만 하다 끝나는 논문을 쓰게 됩니다. 그런데 또 요즘 표절 문제에 민감하다 보니, 각주를 표기하다 보니까 프랑켄슈타인처럼 남의 글만 덕지덕지 가득하다는 것을 알게 됩니다. 그래서 우리는 또 좌절하면서 너무 쓰기 싫다고 생각합니다. 물론, 이렇게 과제 하지 않고, 미리미리 잘하시는 분도 분명 존재합니다. 그러나 저도 대학 생활을 해봤지만, 대부분 이 순환을 따라가게 됩니다. 안타까울 따름입니다.

그런데, 일반적으로 '대학생'이라고 하면 남들, 특히 부모님을 비롯해 어른들이 우리에게 기대하는 게 있습니다. 바로 대학생의 기본 능력이죠. '대학생이라면 이 정도는 해줘야 하지 않나' 하는 게 있습니다. 그게 바로 논리적 글쓰기 능력입니다. 논리적 글쓰기의 결과물인 논문을 어느 정도 작성할 것이라 기대합니다. 일반적인 사무직 직장에서 요구하는 능력이기도 하고요.

그리고 대학교 교수님들이 원하는 수준도 있습니다. 그래야 각 과의 고등학문을 배우고 공부할 수 있죠. 더욱이 글은 그 사람의 수준과 실력을 그대로 반영하기 때문에, 대학생의 실력을 평가하는 방법의 하나가 바로 글입니다. 물론 요즘 '블라인드 채용'이라고 해서 졸업 학교와 학점을 아예 이력서와 자소서에 넣지 않는다고 하지만, 그래도 '글빨'과 '말빨'은 있어야 합니다. 서류전형과 면접은 남아 있으니까요. 결국 대학교 4년을 마쳤을 때, 우리에게 남아 있어야 하는 것은 실력이고, 그 실력을 보여주는 것 중의 하나가 논리적 글을 쓰는 능력입니다!

따라서 우리는 (무조건) 논문을 잘 써야 합니다. 실력이니까요. 그렇다면 어떻게 잘 쓸 수 있을까요? 〈PART 1. 서평의 모든 것〉처럼 논문의 모든 것을 제대로 알려드리겠습니다. 꽉 잡으시길!

논문은
설명문이 아니다

논문의 사전적 정의는 '어떠한 주제에 대해 학문적 연구 결과나 의견, 주장을 논리에 맞게 풀어 써서 일관성 있고 일정한 형식에 맞춰 체계적으로 쓴 글' 입니다. 여기서 중요한 것은 일정한 형식에 맞춰 체계적으로 쓴 글이라는 점입니다. 형식이 있고 체계가 있습니다. 그래서 어렵죠. 대체로 대학교 과제가 논문의 형식을 취해야 하고, 학위논문은 말 그대로 논문의 형식을 제대로 갖춰야 합니다. 학술대회에 제출하는 것도 논문이고요. 당신 역시 다 알고 있을 겁니다.

그런데 논문 관련하여 이야기하기 전에 우리가 반드시 명확히 짚고 넘어가야 할 부분이 있습니다. 바로 '설명문'과 '논설문'의 차이. 설명문은 대상에 대한 정보를 다룹니다. 어떤 자료나 데이터를 참고하여 쓰는 것이 설명문이죠. 정보 전달을 목적으로 합니다. 그러나 논설문은 대상에 대한 논점이 중심이 되어야 합니다. 정보는 이미 대부분의 사람이 알고 있다는 전제하에, 대상에 대한 자신의 논점을 풀어내는 것이 논설문입니다. 정보 전달이 아닌, 설득을 목적으로 하죠.

하지만 우리는 여기서 손쉽게 실수합니다. 바로 설명문을 쓰고 논문을 썼다고 생각하는 거죠. 몇 년 동안 대학교 강의에서 학생들로부터 다양한 과제를 받았는데, 대부분 설명문에 가까운 글을 제출합니다. '북붙'만 하는 거죠. 물론, 자기의 생각을 조리 있게 쓴 학생도 분명히 있습니다. 그러나 그 비율이 너무 낮죠. 그러니까 우리는 이제 앞으로 설명문을 쓰지 말고 논설문을 씁시다. 논문은 설명문이 아닙니다!

그러나 일반적으로 대학생이 한 학기에 한두 과목만 듣는 것도 아니고, 학년이 낮을수록 동시에 5~7개의 강의를 들으니, (사실) 교수님들도 과제의 퀄리티를 크게 신경 쓰지'는' 않습니다. 제출하는 성실함으로도 점수를 주기에 부족함이 없죠. 그렇게 우리는 과제 하는 시간보다 과제를 해야 함에 괴로워하는 시간과 교수님 원망에 대부분의 시간을 보냅니다. 과제의 수준은 점점 낮아지고 있고요.

그래서 제가 이렇게 글을 씁니다. 여러분을 과제 잔혹사로부터, 설명문으로부터 구원해드리고자 합니다. 모두가 괴로워할 시간에 당신이 쉴 수 있도록, 당신의 논문이 그 누구보다 빛나도록. 제가 함께 뛰겠습니다!

논문은
과정이 반

가장 먼저, 우리가 해야 할 일은 논문에 대한 기존의 생각을 모두 버리는 일입니다. 앞서 논문에 대한 사전적 정의를 잠깐 살펴봤고, 또 우리가 기억하고 있는 논문에 대한 이해가 있습니다. 흔히 말하는 서론-본론-결론의 3단 구성과 두괄식 혹은 미괄식, 중심문장과 보조문장과 같은 기본 지식들 말입니다. 이제, 다 잊으셔야 합니다. 아예 싹 지우셔야 합니다! 당신이 학창 시절에 교과서에서 배웠던 논설문에 관한 이론, 글쓰기 강의나 교재

등에 나오는 그런 지식들. 모두 삭제하셔야 합니다. 제가 당신께 영화 〈맨인블랙(Men in Black)〉에 나오는 기억 제거기 '뉴럴라이저'를 시전하겠습니다. 자, 여기를 보세요, 논~문.

자 그럼, 논문이 무엇인지 제대로 살펴보겠습니다. 논문은 모두 학술적 글쓰기라 할 수 있는데, 이때 논문은 '새로운 지식을 창출하고 지식 간 소통하는 것'이라고 정의할 수 있습니다. 여기서 지식 간 소통한다는 것은, 서로 다른 지식들이 한 자리에 만나기도 하고 반론을 제기하기도 하면서 지식의 체계가 만들어지거나 새로운 패러다임이 만들어진다는 것을 뜻합니다. 이런저런 지식들이 만나고 흩어지고 싸우고 하는 거죠. 그렇기 때문에 논문은 지식을 구성하는 과정 자체이기도 합니다.

예컨대 우리가 탄소중립과 기후위기에 대한 연구를 한다고 가정한다면, 이때 우리는 탄소중립과 기후위기에 대한 다양한 지식들을 수합하는 동시에 새로운 결과를 도출하거나 새로운 이해를 보여줄 수 있습니다. 그것이 실현 가능하든 새롭지 않든 간에 지식이 만들어집니다. 그 과정이 바로 논문 쓰기죠.

따라서 지식은 글쓰기와 분리할 수 없습니다. 물론 이공계 쪽에서는 실험값으로 논문을 쓰기도 하고, 학과마다 다른 방식으로 논문을 써가겠지만, 어쨌든 언어로 논문을 써야 한다는 점에서 모두 같습니다. 그러므로 지식을 창출하고 체계화하는 과정이 글쓰기인데, 이 과정을 (잘) 이해하면 그 누구나 논문을 쓸 수 있고 연구를 할 수 있습니다. 즉, 논문은 과정이 반인 글쓰기입니다!

논문은
형식이 반

앞서 언급했듯이, 논문 쓰기는 과정만 잘 지키면 됩니다. 이 과정이 지식을 구성하는 과정이니까요. 이것은 마치 '써브웨이(SUBWAY)' 샌드위치처럼 순서에 맞춰 토핑만 올리면 되는 일과 같습니다. 물론 주문이 까다로운 손님의 토핑은 쉽지 않겠지만, 우리가 해야 하는 대학교 과제는 비교적 쉬운 샌드위치에 가깝고, 학위논문의 경우 까다로운 토핑을 해야겠죠. 따라서 토핑의 순서, 이 과정만 당신이 잘 지키면 됩니다.

여기에 하나 더 추가하자면, 논문은 정보와 지식을 논리적으로 정리정돈하는 것입니다. 마치 지금 당신의 깔끔한 옷장 서랍처럼 말입니다. 엉망진창, 뒤죽박죽, 아수라장으로 펼쳐진 글과 생각을 일목요연하게 정리정돈하여 가지런하게 글을 만드는 것이 바로 논문입니다!

여기서 우리가 주목해야 할 부분은 바로 '뇌피셜'과 형식 준수의 문제입니다. 처음 우리가 어떤 과제를 할 때는 뇌피셜대로 자료도 넣고 나름의 자기 생각을 씁니다. 물론 한번에 정돈되게끔 쓰면 좋겠으나, 그것은 고수에게만 허락된 것이죠. 일반적으로 우리는 뇌피셜로 쓴 것에 시간을 더 투자하지 않습니다. 바쁘니까요. 마감에 겨우 쫓겨 과제 제출하기도 바쁩니다. 그러나 논문은 형식을 '철저히' 준수해야 합니다. 논리적이어야 하고 객관적이어야 하고 유기적이어야 하니까요. 논문의 형식이 그렇게 글을 만들어주는 겁니다. 형식을 지켜야 가능한 일입니다. 논문은 형식이 반!

일단 논문에 대한 기존의 상식에서 조금 또는 과감히 벗어나 보겠습니다. 모든 글쓰기가 그렇지만, 논문 역시 퍼즐 맞추기와 같습니다. 제 위치에 맞는 문장과 단어가 들어가야 합니다. 그러나 다른 글과 다르게 특히, 논문은 남의 글과 내 글이 서로 맞물려야 합니다. 내 말만 다 할 수 없습니다. 다른 사람의 논의를 참고하면서 내 주장을 뒷받침하고, 다른 사람의 논의에 반박하거나 옹호하기도 합니다.

더 솔직히 말씀드리자면, 좋은 논문은 필자의 문장만 있는 것이 아니라, 축구의 신 '메시'처럼 남의 글 사이를 잘 파고들면서 내 할 말을 다 하는 것입니다. 지식과 지식 간의 소통이 바로 이것입니다. 네 할 말과 내 할 말이 함께 논의되는 거죠.

더욱이 자기 말'만' 쓸 수도 없습니다. 자기 말만 쓸 경우, 틀릴 수도 있고 옳지 않을 수도 있으니까요. 남의 글을 통해 내 글이 맞는지 확인받고, 내 글을 통해 남의 글이 맞는지 확인할 수 있습니다.

자 그럼, 논문이란 무엇인지 5가지로 설명해드리겠습니다. 물론 이 세상 어디에도 없는 저만의 정의 방식입니다. 틀릴 가능성도 있겠지만, 오랫동안 공부해왔던 제 나름의 결과물이기도 합니다. 믿고 따라와 주시면 감사하겠습니다.

1.
차려진 밥상에
숟가락 얹기(feat. 황정민)

먼저, 논문 쓰기는 잘 차려진 밥상에 숟가락 하나 얹는 일입니다. 예전에 황정민 배우가 시상식 소감에서 말했었죠. 자기는 숟가락 하나만 얹었다고. 논문도 마찬가지입니다. 우리가 모든 상차림을 준비할 필요 없습니다. 그저 기존의 논의에 숟가락 하나 더 얹을 뿐입니다. 물론 당신이 엄청난 논문을 쓸 수도 있고, 학계를 뒤집어버리는 논문을 쓸 수도 있습니다.

그러나 일반적으로 논문은 이렇게 숟가락 하나로 출발합니다. 앞서 말씀드린 것처럼 논문은 기존의 논의와 다른 사람들의 말에 자기 생각을 조금 더 얹는 것입니다. 처음부터 끝까지 자기 말만 할 수 없습니다. 다른 훌륭한 논의에 조금 더 보태는 것. 그것이 바로 논문의 시작입니다.

2.
최대한 티 나지 않게
짜깁기하는 일

　　　　　논문 쓰기는 최대한 티 나지 않게 (완벽하게) 짜깁기하는 일이기도 합니다. 혹자는 논문은 절대로 짜깁기하면 안 된다고 (강력하게) 말하지만, 이 말은 반은 맞고 반은 틀렸습니다. 짜깁기만 하는 것은 문제이지만, 짜깁기 없이는 논문이 만들어질 수도 없습니다. 논문은 다른 사람 논의에 자신의 말을 더 얹는 것이니까요.

　　그러나 짜깁기가 그 누가 봐도 쉽게 알아볼 수 있도록 티가 나면 안 됩니다. '이 논문은 너무 다른 사람 말만 인용했네'라는 말을 듣지 않도록 기술적으로 (아주 잘) 짜깁기를 해야 합니다. 물론, 인용했을 때 출처를 밝히는 것은 기본. 표절은 범죄입니다!

　　다시 말해, 남의 논의만 나열하지 말고 중간중간 자신의 논의도 넣어가면서, 남의 말 가운데 자신의 말이 아주 약간 섞여 들어간 것처럼 보이지 말고, 자신의 말 가운데 남의 말이 조금 섞여 들어간 것처럼 (아주 잘) 조직해야 합니다. 그것이 바로 진짜 실력이죠. 짜깁기는 당연히 해야 합니다. 그러나 짜깁기한 것이 티 나지 않도록, 잘 구성하는 것이 바로 논문입니다. 추후 짜깁기 비법 역시 알려드리겠습니다.

3.
한 놈만
패는 일

　　　　　당신이 태어날 때쯤 한국의 코미디 영화를 전과 후로 나눈 영화가 개봉했습니다. 바로 〈주유소 습격 사건〉(1999). 이 영화에서 유오성 배우가 제대로 '신스틸러(scene stealer)'의 모습을 보여주었죠. 단순무식한 그는 딱 이 말만 합니다. '난 한 놈만 패.' 패싸움이 일어났습니다. 유오성이 진짜 한 놈만 엄청 패니까, 다른 사람들이 쉽게 유오성에게 다가가지 못합니다. 너무 무섭잖아요.

마찬가지입니다. 논문 역시 한 놈만 패는 일입니다. 여기서 한 놈은 논문의 주제겠죠. 모든 것을 다 다룰 필요도 없고 시간도 없습니다. 자기가 정말 연구하고 싶고 다루고 싶은 그 한 놈만 주구장창 패는 것이 바로 논문입니다. 논문 초짜들이 흔히 하는 실수가 바로 이것입니다. 모든 주제를 다 다루려는 것! 당연히, 불가능합니다. 한 놈만 집요하고 끈질기게 패야(써야) 합니다.

4.
깊이
파 내려가는 일

같은 맥락입니다. 논문 쓰기는 땅속 깊이 파 내려가는 일입니다. 하나의 주제에 대해 깊이깊이 파 내려가는 것이 바로 논문의 기본 목적이자 도달점입니다. 하나의 주제를 갖고 하는 것은 한 놈만 패는 일이긴 한데, 여기서 중요한 것은 '깊이'입니다. 이 분야에서, 한국에서 혹은 세계에서 이 주제로는 나만큼 파 내려간 사람은 없다는 그런 호기와 각오로 글을 써야 합니다. 대체로 학위논문이 그렇습니다.

예컨대 제 박사 논문 제목이 〈한국 근대시 정형률 논의에 관한 연구)인데요. 이 주제와 관련한 논문은 전세계적으로 저 하나가 전부입니다! 저만큼 한국 근대시의 정형률 논의에 대해 깊이 파 내려간 논문은 아직 보지 못했습니다. 물론 저보다 더 훌륭한 논의도 많겠지만, 깊이에 대해서는 저도 자신 있습니다. 논문의 성패, 좋은 논문은 바로 여기서 판가름 납니다. 얼마나 깊이 팠느냐. 깊이가 깊을수록 학문 분야에서 독보적으로 자리를 차지할 수 있습니다.

5.

디테일에
목숨 거는 일

　　　　'악마는 디테일에 있다(The devil is in the detail)'는 말이 있습니다. 어떤 것을 대충 보면 쉬워 보이지만 그것을 제대로 해내려면 예상보다 훨씬 많은 시간과 노력을 쏟아부어야 한다는 것을 의미합니다. 세부사항이 중요하다는 의미의 '신은 디테일에 있다(God is in the detail)'는 표현에서 유래했습니다.

　이처럼 논문 쓰기 역시 디테일에 목숨 거는 일입니다. 아주 세밀한 것도 놓치면 안 됩니다. 남들 신경 안 쓰는 것까지 염두에 두어야 하며, 아주 미시적인 것까지 살펴봐야 합니다. 단어 하나, 결괏값 하나 아무도 신경 쓰지 않는 단 한 가지로도 논의를 전개할 수 있습니다.

　왜냐하면, 거대 담론처럼 방대한 것은 이미 어느 정도 논의가 되었기도 하지만, 분량상 다 다룰 수도 없습니다. 학위논문이든 과제든 간에 우리의 논문은 아주 디테일하고 미시적인 것에 목숨을 걸

　　　　　　2장 논문이란 무엇인가

어야 합니다. 그곳에서 우리는 의미를 찾을 수 있고, 연구 의의를 생성해낼 수 있습니다.

더욱이, 디테일의 정도가 높을수록 남들이 연구하지 않았을 확률이 높습니다. 이미 대부분의 연구를 남들이 다 해버렸으니, 하지 않은 것을 찾으려면 어쩔 수 없습니다. 깊이깊이 파고 들어가야 하며, 아주 미시적이고 세밀한 연구를 전개해야 합니다.

이처럼, 5가지의 논문 쓰기 정의를 기억해주시길 바랍니다. 물론 제 방식의 정의이지만, 논문에 대한 기본적인 정의는 다 포함되어 있습니다. 그리고 이 정의는 '그냥' 제가 만든 것이 아니라, 시중에 나와 있는 논문 쓰기 관련 서적과 논문들을 모두 읽고 공부해서 종합한 정의입니다. 나름대로 신빙성이 있습니다. 자신합니다.

각설하고, 논문이란 결국 남의 글 쓰다가 내 할 말 찾아내는 것입니다. 아주 명확한 정의입니다! 논문 주제와 관련하여 이런저런 자료에서 찾은 말들을 정리하고 종합하다가, 내 할 말을 찾아내는 것이 바로 논문. 처음부터 내 할 말이 많이 있으면 참 좋겠지만, 그럴 가능성은 안타깝게도 '거의' 없습니다.

그러니 우리는 자료를 통해, 다른 사람 논의를 통해 우리가 할 수 있는 연구를 찾게 됩니다. 자료를 정리하다가, 어, 이 부분은 다들 언급이 없네? 이 부분은 아예 연구가 없네? 이건 틀린 논의 아닌가? 뭔가 이상한데? 다시 좀 살펴봐야겠다! 하면서 자기 말을 보태는 것. 그것이 바로 논문입니다.

앞서 논문은 정보와 지식을 정리정돈하는 일이라고 말씀드렸

죠? 바로 이 부분입니다. 다른 사람의 논의를 정리정돈하다가 내 이
야기도 하면서, 주제에 대한 논의 전체를 정리정돈하는 것이 바로
논문 쓰기입니다. '써브웨이'처럼 기본 샌드위치 위에 자신의 말을
추가로 토핑하는 일. 그것이 바로 논문입니다.

유혈이 낭자한
공격과 방어의 글쓰기

자기 글로 논문을 가득 채우는 것이 아니라, 남의 글에 자기 글을 잘 넣어야 한다고 앞서 말씀드렸습니다. 그래서 논문은 결국, 남의 글과 나의 글의 조합으로 공격적 글쓰기와 방어적 글쓰기가 함께 진행되는 것입니다. 여기서 공격적 글쓰기라는 말은 기존의 논의에 문제를 제기하거나 논쟁을 가한다는 뜻이고, 방어적 글쓰기라는 말은 그래서 논리가 튼튼해야 한다는 뜻입니다.

논리에 군더더기와 허점이 없어야 하며, 최대한 자신의 논리를 무리 없이 전개해야 합니다. 방어와 공격이 동시에 진행되도록 하는 것이 바로 논문. 최선의 방어는 공격이라고 공격만 하다 보면 논리가 허술해질 수 있고, 그렇다고 방어만 하다보면 이것도 저것도 아닌 기존 논의의 반복에 머무르게 됩니다. 공격과 방어가 적절한 균형을 이뤄야 하는 것이 바로 논문입니다. 대체로 격투기 혹은 무술이 그런 것처럼 말입니다.

몇 년 전에 크게 화제를 일으킨 적이 있는 중국 영화가 있습니다. 바로 〈엽문(Ip Man)〉. 중화민족주의, 소위 말하는 '중국 뽕'이 가득한 이 영화는 한국에서는 흥행에 실패했으나, 중국 내와 해외에서 많은 관객을 끌어모았다고 합니다. '킬링타임용'으로는 볼만 하다는 평이 많습니다. 엽문의 무술은 바로 영춘권. 그동안 우리가 홍콩 영화에서 봐왔던 무술과는 전혀 달랐습니다. 무척 빠른 타격기와 유술기가 인상적이고, 공격과 방어가 동시에 전개되는 공수합일이 무척 신기한 무술이었습니다.

그런데 논문 역시 공격하는 듯 방어해야 하고, 방어하는 듯하면서 공격해야 합니다. 비판하면서 자신의 논리는 튼튼해야 하고, 기존의 체계와 논의를 인정하면서 동시에 허를 찔러야 합니다. 쉽진 않죠. 이런 공방은 특히 세미나 위주의 대학원 강의 시간에서 쉽게 찾아볼 수 있습니다. 어떻게든 꼬투리 잡아 비판하는 사람이 있고, 해명하기 바쁜 발표자가 있습니다. 교수님은 그런 '판'만 강의 시간에 깔아주죠. 그래서 석사 때는 주로 방어 위주의 글을 쓰고, 박사 때는 공격 위주의 글을 씁니다. 석사는 발표자를 칭찬하고, 박사는 발표자를 공격하죠. 그렇습니다! 논문과 과제라는 학술적 글쓰기는 공격과 방어가 치열한 실전입니다. 방어가 허술하거나 공격이 무디면, 바로 패배하는 글이 바로 논문!

이렇게 유혈이 낭자한 논문 쓰기가 있습니다. 우리는 어떻게 논문을 써야 할까요. 영춘권을 수련할 때 샌드백으로 쓰는 '목인장(木

113

人椿)'이 있습니다. 목인장 사이로 손과 발이 왔다갔다하면서 기본
기를 단련시키는데요. 논문도 마찬가지. 제가 빠르게 단련시켜 드리
겠습니다. 가장 먼저, 논문의 5가지 구성 원리입니다.

1.
통일성

　　　　　　짐작되시죠? 논문 전체는 일관된 주제로
전개되어야 합니다. 논문의 전체 맥락에서 벗어난 논의가 있으면 안
되고, 자료와 자료 분석이 논문 주제 안에서 일치해야 합니다. 방법
론 역시 마찬가지. 통일성은 논문의 '기본 of 기본'이죠.

2.
포괄성

　　　　　　정해진 연구 주제 안에 그 연구 주제와
관련해 충분히 논의되어야 합니다. 예컨대, 역사적 고찰을 하는 내
용에서 꼭 언급되어야 할 어떤 입장과 자료가 제시되지 않는다면,
허술해질 수 있습니다. 4차산업혁명을 연구 주제로 다루는데, 디지
털 기술 발전에 대한 자료와 논의가 없으면 안 되는 것처럼 말입니
다. 통일성과 다른 결입니다만, 통일성은 논의 전체가 일관된 맥락
이 있어야 한다면, 포괄성은 논의를 전개할 때 꼭 넣어야 할 것을 잘
챙기는 일입니다.

3.

조리성

　　　　좋은 영화는 편집이 잘 되어 있습니다. 흐름이 있는 거죠. 논문 역시 마찬가지. 논문도 스토리텔링이 있어야 합니다. 리듬이 있어야 하고 흐름이 있어야 합니다. 그래야 독자의 흥미를 끌죠. 설득력을 높이려면 조리 있게 논의가 전개되어야 합니다.

4.

균형성

　　　　이때의 균형은 여러 의미가 있습니다. 각 장의 분량과 비중이 서로 비슷하게 균형을 맞춰야 한다는 말이기도 하고, 여러 논문 쓰기의 요소들이 잘 배합되어야 한다는 말이기도 합니다. 본인의 주장과 인용, 자료 분석과 이에 따른 해석 등이 모두 일정한 균형을 유지해야 합니다.

5.

집중성

　　　　앞서 논문은 파 내려가기라고 말씀드렸습니다. 같은 맥락입니다. 하나의 초점을 향해, 강력한 주장 혹은 논증으로 집중력 있게 파 내려가야 합니다. 예컨대, 어떤 논문 한 편을 다 읽었습니다. 그래서 도대체 하고 싶은 말이 뭐야? 뭐가 중요한 건데? 하고 질문한다면 그 논문은 집중성이 떨어지거나 아예 집중성이 없는 것입니다. 무척 중요해서 그렇게 강조했구나 하고 집중성이 있어야 합니다.

이렇게 통일성, 포괄성, 조리성, 균형성, 집중성이 바로 논문 구성 원리이자 기본기입니다. 어렵지 않죠? 이 정도는 당신이 쉽게 할 것이라 믿습니다.

그렇다면, 논문 구성 유형도 아주 간단히 살펴보겠습니다.

논리 관계

인과 관계

집합 관계

공간 관계

시간 관계

비교와 대조

문제와 해결

가설과 검증

비판과 종합

분석과 분류

논문은 이렇게 많은 유형이 있습니다. 물론 학과에 따라 지금 예로 든 것보다 더 다양한 논문 유형이 있을 겁니다. 이 가운데 가장 만만한 것이 논리 관계, 인과 관계, 집합 관계, 공간 관계, 시간 관계에 따른 논문 구성이지만, 비교와 대조, 문제와 해결, 가설과 검증,

비판과 종합, 분석과 분류는 앞선 것보다 한발 더 나아간 유형이라 할 수 있습니다.

물론 한 가지 유형으로만 논문이 전개되지는 않습니다. 시간 관계 즉 역사적으로 어떤 문제를 고찰하면서 분석과 분류를 할 수 있고, 이 공간과 저 공간을 비교와 대조할 수도 있습니다. 한두 개 혹은 네다섯 개의 유형이 동시에 전개될 수도 있죠. 어떤 주제를 어떤 방법론으로 논의하느냐에 따라 논문 구성 유형을 아주 다양하게 선택할 수 있습니다.

이번에는 글쓰기 전략입니다.

다른 글도 그렇지만, 특히 학술적 글쓰기인 논문의 경우 여러 쓰기 전략이 있습니다. 이 가운데 와일리 5가지 글쓰기 전략이 가장 일반적으로 알려진 것인데, 당신은 과연 이 중에 어떤 것을 선택해서 쓸지 생각해보세요. 5가지를 하나씩 살펴보겠습니다.

가장 먼저 '수채화가형'이 있습니다. 수채화는 물감을 물에 타서 그립니다. 초중고 때 미술 시간 기억나시죠? 물감에 물을 타다 보니, 캔버스에 물감이 어느 정도 투명하게 발립니다. 밑그림이 다 보일 정도로요. 그래서 수정을 많이 할 수가 없습니다. 전체 글을 단번에 쓰는 거죠. 일필휘지에 가깝습니다. 물론 퇴고는 뒤이어 충분히 해야 합니다. 일단 논문을 쓰는 방식이 그렇다는 거죠.

다음은 '건축가형'입니다. 어느 정도 계획이 미리 있어서, 그것대로 쓰고 나중에 수정하는 겁니다. 논문 쓰기의 경우 아무래도 건축가형이 비교적 적합하겠죠. 물론, 계획이 어느 정도 세워 있을 때나 가능한 상황입니다. 그다지 확실한 계획이 없다면, 바로 다음의 전략으로 가야 합니다.

'벽돌공형'. 계획이 명확하지 않으니, 일단 한 문장, 한 단락을 마무리하고 그다음을 시작합니다. 차근차근 벽돌을 쌓듯 하나씩 논리를 쌓아 올리는 거죠. 무척 시간이 오래 걸릴 것 같습니다만, 아기 돼지 삼 형제 동화처럼 짚더미와 나무로 만든 집은 늑대의 입김에 금방 날아갑니다. 벽돌집을 쌓은 막내 집만 멀쩡하죠. 튼튼함은 보장합니다만, 시간적 효율은 따져봐야 할 듯합니다. 그래서 우리는 다음의 전략을 생각합니다.

'디자이너형'. 계획은 대충 짜고 일단 써가는 겁니다. 쓰다가 마음에 안 들면 수정하거나 지우면 됩니다. 디자이너들이 작업할 때 그러하듯 대충 전체 구도를 잡아놓고 디테일을 가지고 씨름하는 거죠. 그럼 둘 중 하나의 결과가 나올 겁니다. 무척 독창적인 결과물이 나오거나 혹은 망치거나. 계획이 없었고, 또 충분히 시간을 들이지도 않았으니까요. 이것도 싫으면 다음의 전략으로 갑니다.

'유화가형'. 유화를 그리듯 마구 덧칠합니다. 스케치도 없고요. 틀리면, 그곳을 당장 덧바르면 됩니다. 덕지덕지죠. 일단 쓰고 나중에 수정하고 조직합니다. 쓰고 보는 거죠. 디자이너는 그래도 대략의 계획이라도 있지만, 유화가형은 그런 계획도 없습니다. 일단 쓰고 보는 거죠. 대체로 많은 학생들이 선택할 확률이 높은 논문 쓰기 전략이 '디자이너형' 또는 '유화가형'입니다. 물론 이런 전략이 나쁘다는 것은 아닙니다. 어쨌든 퇴고해서 최고의 공격력과 방어력만 갖추면 됩니다. 다만, 어떤 전략이 그 사람에게 더 적합한지, 그리고 논문의 글은 어떤 식으로 쓰는 것이 좋은지 따져보기는 해야 할 듯합니다.

과연 당신은 어떤 전략을 선택하실 건가요? 참고로 저는 어떤 글이든 간에 '건축가형'의 전략을 취하려고 합니다. 강박에 가까운 꼼꼼한 성격도 그렇지만, 저는 '스케줄러(scheduler)'라 계획대로 움직이는 것을 무척 좋아합니다. 계획 짜는 것에 더 많은 시간을 쏟고, 계획대로 일이 전개되었을 때 희열을 느끼는 비정상적인 성격입니다.

따라서 학술적 텍스트라 할 수 있는 논문은 다음의 성격을 갖춰야 합니다.

첫째, 논문이라고 해서 문장이 어렵거나 논리가 이해하기 어려우면 안 됩니다. 논문 주제가 어려운 주제라도 이해는 쉬어야 합니다. 대체로 많은 사람이 실수하는 부분이 바로 여기. 어려운 주제를 갖고 논의를 전개한다고 해서 논의 자체가 어려워지면 안 됩니다.

글이 덜 익은 것입니다.

둘째, 논문에서 소개되는 정보와 논의는 독자들 자신의 사전 지식에 가서 붙어야 합니다. 아무리 생소한 주제라 하더라도, 독자들이 기존에 가진 지식에서 너무 멀어지면 안 됩니다. 적당히 독자들의 사전 지식과 멀리 있다면 독창적이라고 말할 수 있겠지만, 너무 멀리 있다면 생소하고 난해한 논문이라는 평가를 받을 것입니다.

셋째, 독자들이 정보를 차례로 재구성할 수 있도록 논리가 튼튼해야 합니다. '개떡' 같이 쓰면 '개떡' 같이 알아듣는 것이 논문입니다. '찰떡' 같이 알아듣지 못해요. 정보가 일목요연하게 잘 보이도록 정리정돈하는 것이 논문이라고 앞서 말씀드렸습니다.

넷째, 독자가 모든 정보를 다 숙지할 필요는 없습니다. 다만, 일정한 맥락이 있어 그 맥락에 따라 정보를 분류할 수는 있게 해야 합니다. 방금 언급한 셋째 특성과 비슷합니다. 분류가 가능하게 하려면 정리정돈이 확실해야겠죠?

다섯째, 조리성, 즉 스토리텔링과 흐름이 좋아서 독자들의 주의력과 집중력이 계속 유지되어야 합니다. 논리의 흐름이 자연스러워야 하고, '기-승-전-결' 혹은 '발단-전개-절정-위기-결말'이라는 흐름이 논문에도 있어야 합니다. 이러한 독자의 주의력을 높이기 위해서는 당연히 논문을 쓰는 사람 역시 주의력이 높아야겠죠. 주의력, 집중력 있게 쓴 논문은 주의력, 집중력 있게 읽힙니다. 당연한 결과죠.

따라서 학술적 텍스트인 논문은 연구 필요성에서 시작해 연구 방법을 거쳐 연구 목표로 향하는 일련의 과정을 반드시 갖고 있습니다. 그리고 이 과정을 통해 논문은 지식을 수신자에게 전달하는 일을 감당합니다. 물론 이때의 지식은 모두가 알고 있는 지식이 아니라, 모두가 고민해야 할 지식이어야 더 좋을 것입니다.

이상과 같이 빠르게 논문 쓰기의 기본기를 살펴보았습니다. 서평 쓰기와 마찬가지입니다. 쓰다 보면 저절로 터득되는 것입니다. 굳이 외울 필요도 없고, 이것들을 일일이 신경 쓰면서 논문 쓸 필요도 없습니다. 다만, 자신이 어떤 유형과 어떤 전략을 취할지는 어느 정도 염두에 두어야 합니다. 당신도 알(겠)지만, 유형 없이 전략 없이는 논문은 한 자도 쓸 수 없으니까요. 논문이 '독후감'이 되는 것은 순식간입니다!

04 ＿＿＿＿＿＿＿＿ 논문은 형식이 반

글쓰기 실력이 부족해도
쓸 수 있는 글, 논문

논문은 남의 글을 쓰다가 내 할 말 찾아내는 것이고, 논문은 정보와 지식을 정리 정돈하는 일이라고 말씀드렸습니다. 따라서 논문은 형식만 잘 지켜도 반 먹고 들어갑니다! 형식이 절반 이상을 차지하는 것이 논문. 말 그대로 논문이라는 형식에만 잘 맞추면 그 누구든 다 쓸 수 있는 것이 논문입니다. 글쓰기 실력이 부족해도 쓸 수 있는 것이 논문이지만, 문제는 이 형식이 생각보다 어렵다는 것이 함정. 그러니, 제가 또 당신께 '한 방'에 논문의 형식을 정리해 드리겠습니다. 지켜봐 주세요.

논문과 관련하여 일반적인 교재나 강의에서 가장 먼저 목차 혹은 개요표부터 작성하라고 말합니다. 개요표 만드는 일은 대체로 모든 대학교 글쓰기 교재에 가장 먼저 나와 있습니다. 그러나 저는 오랜 시간 대학생 강의를 맡아 하면서 이것이 불가능하다는 것을 깨달았습니다! 목차만 짜다가 끝나는 경우를 엄청나게 많이 봤어요. 물론 목차부터 잘 만드시는 분들도 분명 있습니다. 그러나 그것은 극소수에 불과합니다. 맨땅에 헤딩해야 하는데, 목차라니요? 개요표라니요? 목차가 쉽게 나올 수 있다면 목차를 짤 필요도 없습니다!

자, 그래서 준비했습니다. 논문 쓰기 절차. 절차를 알려 드리겠습니다. 이 절차가 곧 형식입니다. 이 형식만 제대로 이해하고 그대로 쓰면 논문은 끝납니다!

① 연구 주제 선정

② 선행 연구 검토

③ 연구 대상 선정 및 방법론 선택

④ 자료 수집 및 분석

⑤ 의의와 한계 도출

⑥ 퇴고

이 순서가 논문 쓰기 절차이자 형식입니다. 대체로 1번부터 3번까지가 서론, 4번이 본론, 5번이 결론에 해당합니다. 그리고 퇴고는 당연히 모든 글에서 해야 할 일이죠. 이 여섯 가지 절차를 하나씩 지켜가면서 쓰면 논문은 끝! 아주 간단하지만, 또 쉽지 않습니다. 그러나 이 절차를 하나씩 잘 이해하면서 어떻게 해야 하는지 구체적으로 알면, 또 그렇게 어려운 일도 아닙니다.

자, 그럼 얼마나 논문 쓰기가 쉬워지는지 하나씩 살펴보겠습니

 4장 논문은 형식이 반

다. 물론 이 절차는 대부분 잘 알고 있는 내용이고, 모든 교재나 강의에서 쉽게 하는 말입니다. 그러나 저는 최대한 쉽고 구체적으로 핵심만 쏙쏙 담아내겠습니다!

1.
연구 주제 선정
: 답이 있는 질문을 만들 것

가장 먼저 연구 주제 선정입니다. 연구 주제를 선정할 때 우리가 꼭 신경 써야 할 것이 있습니다. 바로 답이 있는 질문을 만들어야 한다는 점입니다. 답이 나올 수 없거나 답이 너무 많은 질문을 하면, 우리는 연구 주제를 선정할 수 없습니다. 대부분의 논문 초보들이 제일 많이 하는 실수가 바로 이것. 덩어리가 큰 질문은 답할 수 없습니다. 왜냐면, 너무 방대하거든요. 이번 생에 다 할 수 없습니다. 예를 들어보겠습니다.

· 양성평등은 어떻게 해야 하는가?

· 대학생은 어떻게 살아야 하는가?

· 금리를 인상하는 것이 좋은가?

· 우울증을 어떻게 극복할 수 있는가?

· 양극화는 어떻게 해결할 수 있는가?

· 4차산업혁명은 어떻게 전개될 것인가?

이런 질문들은 프랑스 대입시험 바칼로레아(Baccalaureate)가 아닌 다음에야 답할 수 없습니다. 그런데 가끔 이런 질문으로 과제를 하거나 논문을 써야할 상황이 올 수도 있습니다. 그러나 우리가 유의해야 할 점은 여기서 이런 질문들은 주제가 아니라 화제 또는 소재입니다. 이것은 연구 주제가 될 수 없습니다. 다시 한번 강조합니다. 논문은 답이 있는 질문을 만들어야 쓸 수 있고, 시작할 수 있습니다.

1.

연구주제 선정
: 질문은 최대한 축소할 것

그렇다면, 덩어리가 작은 질문을 만들어야 연구 주제로 선정할 수 있다는 것을 알았습니다. 어떻게 할까요. 간단합니다. 질문을 최대한 축소하면 됩니다. 줄이고 줄이라는 말이죠. 그래서 연구자가 감당할 수 있고 접근 가능한 질문을 만들어야 합니다. 나는 문과인데, 세포 분열 관련 논문을 쓰긴 어려울 것이고, 마찬가지로 나는 이공계 쪽인데 라틴아메리카 문학을 주제로 한 논문을 쓰기는 쉽지 않을 겁니다. 물론 전혀 불가능하지는 않지만, 그래도 어느 정도 자신이 감당할 수 있어야 합니다. 자료 찾기도 쉬워야 합니다. 그러나 연구 주제는 더는 쪼개지지 않을 때까지 축소해야 합니다. 아주 작게 말이죠. 예를 들어볼게요.

· 대학생은 어떻게 살아야 하는가?

→ 대학생의 유튜브 시청 시간과 학점은 관계가 있는가?

· 우울증을 어떻게 극복할 것인가?

125

→ 20대 우울증을 막기 위한 정부 정책이 있는가?

· 4차산업혁명은 어떻게 전개될 것인가?

→ 헬스케어 IoT는 일상에서 어떻게 활용될 것인가?

대학생은 어떻게 살아야 하는가? 이런 질문은 연구 주제가 아닙니다. 대학생의 다양한 삶을 어떻게 논의할 수 있겠어요. 한정된 질문에 답을 하는 과정을 전개해야 말할 수 있고 쓸 수 있습니다. 유튜브를 자주 보면 과연 학점은 떨어지는가, 하고 소소하고 작은 질문으로부터 논문이 시작되어야 합니다. 여기서 더 나아가면 유튜브가 아니라 영상매체 혹은 이미지와 미디어, 학점이 아니라 삶의 만족도나 우울감 정도 등으로 더 논의를 키울 수 있습니다. 마찬가지로 4차 산업혁명을 어떻게 전개될지 쓸 수 없습니다. 막막할 따름입니다. 헬스케어 IoT는 일상에서 어떻게 활용될지 논의할 수는 있어도, 4차 산업혁명 전반을 다룰 수는 없습니다. 그것은 평생에 걸쳐할 수 있는 연구입니다.

2.

선행 연구 검토
: 다른 사람이 연구했는지 파악하는 것

다음으로 선행 연구 검토입니다. 연구 주제를 대충 정했으면, 이제 그와 관련한 연구들을 찾아봐야 합니다. 그것은 다른 사람이 내가 선정한 연구를 이미 했는지 파악하는 것입니다. 남들이 먼저 연구를 다 해버렸으면, 그 주제로 연구하는 것은 별로 의미가 없습니다. 남들 안 한 것을 찾아야 하죠. 그래서 논문은 깃발 꽂기 게임과 같습니다. 먼저 깃발 꽂는 사람이 임자입니다. 마치 보드게임 '부르마블'처럼 호텔 없는 곳에 호텔을 먼저 짓는 것이 논문입니다. 땅값 비싼 로마나 서울에 호텔을 지으면 거의 이겼다고 봐야죠. 다른 사람이 연구를 어느 정도 했는지 미리 알아보면서 어떤 부분에서 내가 흥미를 느꼈고, 내 관심사가 무엇이며 어떤 연구를 더 할 수 있는지 파악하는 것이 선행 연구 검토입니다. 앞서 말씀드렸습니다. 논문은 남의 글을 쓰다가 내 할 말 찾는 것이라고. 여기서 남의 글이 곧 선행 연구입니다. 선행 연구들을 정리하고 쓰면서 내 할 말을 찾아내는 거죠. 만약 선행 연구를 검토했는데 내 할 말이 없다면, 주제를 다시 정해야 합니다. 남들이 관심 두지 않은 연구 주제로 말입니다.

2.

선행 연구 검토
: 장바구니에 물품 담듯이 일단 담아놓을 것

제 생각에 선행 연구 검토는 쇼핑할 때 장바구니에 물품 담듯이 일단 연구 주제와 관련된 것을 모두 담는 작업입니다. 마음에 드는 것은 모두 다 담는 거죠. 일단 모두 찾아놓습니다. 그리고 이것으로 무엇을 할까요. 우리는 쇼핑몰에 담아놓은 물품을 다 구입하진 않습니다. 다른 브랜드나 쇼핑몰에 왔다갔다하면서 가격 비교를 합니다. 마찬가지로 논문도 가격 비교하듯 논의들을 비교해야 합니다. 어떤 논의가 더 좋고 어떤 논의가 내 연구 주제

 4장 논문은 형식이 반

와 비슷한지 '가성비'를 따져봐야 합니다. 그래서 선행 연구를 검토할 때 가장 좋은 것이 가장 최근에 발간된 박사논문입니다. 박사논문이기 때문에 퀄리티가 가장 높습니다. 박사논문 서론만 참고해도 최근의 논의를 한눈에 알아볼 수 있습니다. 물론 이 박사논문이 10년 전, 20년 전 논문이면 조금 곤란합니다. 학문도 변하니까요. 가장 최근에 발간된 논문의 선행 연구를 검토하면 좋습니다. 꿀팁입니다.

3.
연구 대상 선정 및 방법론 선택
: 연구 목표(목적)를 분명하게 하는 것

연구 주제 선정도 대충 했고, 그래서 선행 연구를 대충 봤더니, 연구할 만할 것 같다는 생각이 듭니다. 그러면 우리는 무엇을 해야 할까요. 이제 우리는, 연구 목표와 목적을 분명하게 해야 합니다. 목표는 마지막 최종 도달지점이고, 목적은 그 과정입니다. 내 연구를 통해서 어떤 결과를 얻을 수 있을지 예측하고, 어떤 과정에서 어떤 유의미한 결과물을 얻을 수 있을지 어느 정도 과정을 설계해두어야 합니다. 즉, 목표와 목적이 분명해야 과녁에 명중시킬 수 있습니다. 양궁처럼 말입니다. 10점을 향해 쏘듯, 목표와 목적이 불분명하면 쓸 수 없습니다. 그리고 여기에 하나 더 유의할 점이 있습니다. 그것은 논문의 목표와 목적이 유의미해야 하는 것도 중요하지만, 연구목적과 연구 방법이 유기적으로 연관되어 있어야 합니다. 연구 목표와 목적에 적합하며 목표를 이룰 수 있는 연구 과정이 필요한데, 그것이 바로 연구 방법론입니다. 어떤 식으로 연구를 진행하겠다 하는 것이 바로 연구 방법론이죠.

3.

연구 대상 선정 및 방법론 선택

: 논문 제목을 최대한 구체화할 것

　　　　　　　자 그럼, 연구 대상을 선정할 때 어떻게 해야 할지 구체적으로 예를 들어 알려드리겠습니다. 바로 주제를 최대한 구체화하는 일인데요. 이에 따라 방법론도 알아서 정해집니다. 어떤 통계값을 통해 연구한다면 방법론은 통계가 될 것이고, 실험값에 따른 연구라면 방법론은 실험에 따른 결과겠죠. 주제가 구체적이면, 방법론도 알아서 정해집니다. 그리고 이것은 곧 논문의 제목이 되기도 합니다. 실은 논문의 제목만 봐도 논문의 완성도가 보입니다. 논문의 제목을 정하는 법을 알려 드리겠습니다. 눈 크게 뜨고 보시길. 예를 들어볼게요. 대학생이라는 키워드를 가지고 논문을 쓴다고 칩시다. 너무 방대하죠. 그래서 최대한 구체화합니다.

· 대학생 연구

　→ 대학생의 <u>역할</u>

　→ <u>시대별</u> 대학생의 역할

　→ 시대별 대학생의 <u>사회 참여</u> 역할

　→ <u>포스트코로나(시간한정)</u> 시대 대학생의 사회 참여 역할

　→ 포스트코로나 시대 <u>온라인상(공간한정)</u> 대학생의 사회 참여 역할

　　—<u>SNS 의사소통을 중심으로(부제)</u>

대학생의 역할. 너무 광범위합니다. 덩어리가 커요. 그래서 구체화합니다. 시대별 대학생의 역할. 시대별로 대학생의 역할이 다르니, 시대별로 연구하면 좀 될 것 같긴 합니다. 80년대 대학생, 90년대 대학생, MZ세대인 현 2020년대 대학생 하고 말이죠. 그런데 어떤 역할을 연구해야 할지 모르겠습니다. 더 구체화합니다. 시대별 대학생의 사회 참여 역할이라고 사회 참여를 붙입니다. 그러면 대학생의 역할 중 하나로 구체화하는 것이니 연구하기 아무래도 편하겠죠. 그렇지만 시대별 대학생의 사회 참여를 다 살펴보는 일도 너무 커서, 더 구체화합니다. 모든 시대별로 살펴보는 것은 너무 광범위하니, 시간적 한정을 줍니다. 포스트코로나 시대, 즉 요즘 시대로 한정하는 겁니다. 그러면 좀 명확해지죠. 더 구체화하겠습니다. 대학생의 참여를 온라인상으로 공간 한정을 시킵니다. 그렇지 않으면 다양한 사회 참여 방식을 모두 다 연구해야 합니다. 여기에 부제도 넣으면 더 좋죠. SNS 의사소통을 중심으로. 온라인상이라 하면 또 광범위하니까 이렇게 주제를 최대한 구체화하는 거죠.

어떠신가요? 아래로 갈수록 논문 쓰기가 쉽겠죠? 방법론도 어떻게 해야 할지 머릿속에 그려집니다. 그리고 연구 결과도 유의미할 것 같습니다. 즉, 연구 대상을 선정할 때 우리는 연구 주제를 최대한 구체적으로 뽑아내야 합니다. 추상적인 주제를 가지고 끙끙거려봤자 아무것도 못 합니다. 최대한 구체적으로 쪼개세요!

자, 그럼 연습문제 하나 더 풀어보겠습니다. 당신은 어떻게 연구 주제를 구체화하겠습니까?

• 성차별 연구

→ <u>젠더 갈등</u>

→ 젠더 갈등과 <u>혐오 표현</u>

→ <u>TV 프로그램</u>에 나타난 젠더 갈등과 혐오 표현

→ TV <u>예능</u> 프로그램에 나타난 젠더 갈등과 혐오 표현

→ TV 예능 프로그램에 나타난 <u>성역할 고정관념</u>과 혐오 표현

— <u>'남성다움'과 '여성다움'을 중심으로(부제)</u>

4.

자료 수집 및 분석
: 자료의 퀄리티가 곧 논문의 퀄리티

그렇다면, 자료 수집 및 분석은 어떻게 해야 할까요. 학술적 글쓰기는 주장을 뒷받침할 논거가 반드시 따라 붙기 때문에, 논거가 무척 신빙성 있어야 합니다. 이때의 신빙성은 자료 제시에서 오므로 확실하고 풍부한 자료 확보에 사활을 걸어야 합니다. 자료의 퀄리티가 곧 논문의 퀄리티입니다! 더욱이 자기 혼자서 어떤 글을 완성하고 논증하기는 거의 불가능합니다. 다른 사람의 의견을 제시하는 동시에 동의와 비판을 하면서 자신의 논리를 전개해 나가는 것이 일반적이죠. 앞서 말씀드렸습니다. 밥상에 숟가락 하나 얹는 것처럼 남의 의견에 자신의 의견을 추가하는 것이 논문입니다.

그래서 우리는 대체로 인터넷 검색이나 구글링을 통해 자료를 구합니다. 찾기 쉬우니까요. 손쉽게 '복붙'합니다. 문제는 이러한 인

터넷 정보가 생각보다 불분명하고 정확하지 않다는 데 있습니다. 원문 출처도 명확하지 않고, 원본으로부터 계속 복사가 무한 반복되면서 원본과 다른 오류가 그대로 반영된 경우가 많습니다. 따라서 무조건, 인터넷 자료는 거르세요. 아예 열어볼 생각도 안 하는 것이 좋습니다. 물론 사회적 문제나 축적된 데이터값을 찾아볼 때는 신문기사나 통계사이트 등을 찾아봐야 하지만, 그런 경우가 아니라면 인터넷 자료는 무조건 의심하는 것이 좋습니다. 그래서 저는 인터넷 정보보다는 책과 논문을 자료로 추천합니다. 책 역시 모두 정확한 것은 아니지만, 글쓴이가 책 한 권을 발간할 때는 나름의 책임과 수고를 감수하기 때문에 인터넷 자료보다는 정확합니다. 자신의 실명으로 발간되는 책이면서 자신의 업적물이기 때문에 신뢰가 갈 수밖에 없죠! 논문도 마찬가지입니다.

4.

자료 수집 및 분석
: 자료는 키워드 중심으로 정리할 것

그래서 제가 추천해 드리는 자료 수집 방법은 바로, 학술논문! 그리고 자료를 찾을 때는 키워드를 중심으로 검색하면 됩니다. 그러려면 당연히 선행 연구 검토할 때 어느 정도 키워드를 찾아두어야 합니다. 그래야 찾죠. 이 키워드를 중심으로 논문을 찾아야 하는데, 논문은 한국학술연구정보서비스(RISS)나 학술콘텐츠 플랫폼 DBpia 등에 접속해서 검색한 논문을 다운받으면 끝입니다. 문제는 두 사이트 모두 유료라는 것. 그러나 대학생과 대학원생은 도서관 아이디로 접속하면 두 사이트에서 무료로 논문을 다운받을 수 있습니다. 아무래도 학술논문은 연구자의 연구 결과물이기 때문에, 논리가 확실하고 정보도 매우 정확한 편입니다! 논문을 다운받거나 열람할 때는 가장 최근 발간된 것부터 받는 것이 좋고, 활용도(인용지수)가 높을수록 좋은 논문일 확률이 높습니다. 그리고 여기서 한 가지 유의할 점이 하나 있습니다. 일단 논문을 다 읽기보다는, 키워드로 검색한 논문을 대충 살펴보고 필요하다고 생각되는 논문만 모두 다운 받는 동시에, 논문을 주제별로 분류해두어야 합니다. 그래야 나중에 찾기 쉽습니다.

4.

자료 수집 및 분석

: 자료는 읽는 것이 아니라 훑는 것

어느 정도 연구 자료를 찾아서 정리해두었습니다. 이제 어떻게 해야 할까요? 여기서 중요한 것은 자료는 읽는 것이 아니라 훑는 것이라는 점입니다. 자료를 다 읽을 필요가 없습니다! 다 읽으려면 이번 생에 논문을 쓸 수 없습니다. 대강 훑어보는 것만으로 충분하며, 자신의 글을 쓸 때 비로소 자료를 꼼꼼하게 읽으면 됩니다. 절대로,자료를 모두 정독할 필요가 없습니다. 자료는 쓰면서 찾는 것입니다. 자료의 논리와 자신의 논리가 그때 만나며 자료를 통해 자신의 논리를 만들어 나갈 수 있습니다. 이렇게 논리가 만들어지면서 부족한 부분은 다시 또 자료 검색하여 채워가는 것이죠. 따라서 자료 수집이 모두 끝난 후에 글을 쓰는 것이 아니라,

글을 쓰면서 부족한 자료를 수집하는 것입니다. 글쓴이의 논리가 한 번에 완성되면 좋겠지만, 자료를 분석하면서 논리가 만들어지는 경우가 대부분이므로 자료'만' 찾는 데 너무 많은 시간을 허비하지 맙시다. 일단 초고 만들어내는 것에 집중해야 합니다! 그래서 자료만 읽다가 '도서관지박령'이 되는 대학원생이 꽤 많습니다. 자료만 찾고 읽느라 만날 밤새는 거죠. 제 주변에 이런 대학원 후배들이 아직도 많이 있습니다. 안타까울 따름입니다.

5.

의의와 한계 도출
: 서론과 결론이 만나게 할 것

결론에 다다랐습니다. 논의를 마무리하면서 연구 의의와 한계를 도출할 때 유의할 점은, 서론과 결론이 만나게 해야 한다는 점입니다. 다시 말해, 서론에서 문제 제기한 것이 결론에서 어느 정도 해결되어야 하며, 그렇게 해결되는 과정 중에 연구 의의와 한계가 도출됩니다. 그래서 서론은 결론보다 나중에 쓰는 것입니다. 처음에 서론은 대충 써놓고, 결론을 모두 쓴 다음 다시 앞으로 가서 서론을 수정해야 합니다. 그러니까 처음에 논문을 쓸 때 서론은 최대한 대충 쓰고 '빨리' 지나가야 합니다.

그래서 제가 결론 쓰는 팁을 좀 더 알려 드리겠습니다. 각 장, 예컨대 본론 1장, 2장, 3장의 마지막에 그 장을 마무리하는 총정리 단락을 꼭 쓰세요. 1장의 마지막에 1장 전체를 정리하는 총정리 단락, 2장도 그렇고, 3장도 그렇고, 장마다 총정리 단락을 써야 합니다.

그리고 그 장을 정리하는 단락들이 모여서 결론이 됩니다. 굳이 결론을 새로 쓸 필요가 없습니다. 서론의 문제 제기를 받고 장마다의 총정리 단락을 다시 잘 정리해서 쓰면 결론도 끝. 그렇게 결론이 도출되는 과정을 다시 서론에 쓰면 진짜 끝. 참 쉽죠? 이건 진짜 꿀팁입니다!

6.

퇴고

: 소리 내 읽어가며 퇴고할 것

자 그럼, 대망의 퇴고는 어떻게 할까요. 간단합니다. 소리 내 읽어가며 퇴고하면 끝입니다. 아주 확실한 방법이죠. 앞서 서평에서도 말씀드렸습니다. 읽다가 막히면 틀린 것입니다. 소리 내 읽으면 알아서 호흡이 만들어집니다. 그 호흡대로 문장을 다듬어가면 됩니다. 그 어떤 방법보다도 확실한 퇴고법입니다. 저는 지금도 논문이나 글을 쓸 때 소리 내 읽으면서 퇴고합니다. 이 책도 마찬가지로 소리 내 읽어가면서 퇴고하고 있습니다.

이와 같이 우리는 논문의 형식을 하나씩 따라가면서 논문을 써 나갈 수 있습니다. 이 형식 혹은 절차를 그대로 따르면, 어느새 논문이 완성되는 거죠.

따라서 연구를 하거나 논문을 쓰려면, 결국 우리가 가장 먼저 해야 할 일은 이러한 형식을 지키기 위한 〈연구 계획서〉를 먼저 만드는 것입니다. 목차나 개요표가 아닙니다. 방금 언급한 6가지 논문

 4장 논문은 형식이 반

쓰기 절차 또는 형식을 먼저 준비해야 합니다. 앞서 서평 편에서 제가 제시한 〈서평 질문지〉와 〈서평 초고지〉와 같은 맥락입니다.

논문 제목은 곧 연구 주제가 되며, 연구 주제문을 쓰면서 연구가 명확해집니다. 연구 목적과 필요성을 쓰면서 연구의 과정을 미리 설계할 수 있습니다. 이에 따라 연구방법이 바로 딸려 나오고요. 그리고 미리 연구 범위를 정하고 선행연구를 쓰면 끝. 우리가 논문쓰기 위해 해야 할 일은, 목차 짜기가 아니라 연구계획서입니다! 여기서부터 논문 쓰기가 시작됩니다.

연구 계획서 _(예시)

제목(주제) **(대제목 +소제목)**	한국의 탄소중립 선언과 지역사회 에너지 전환 문제 연구(대제목) — 지속 가능한 에너원을 위한 지역사회 미니태양광 보급을 중심으로(소제목)
연구주제문 **(1문장 이상)**	한국의 탄소중립 선언과 관련하여 탄소 배출을 최소화할 수 있는 에너지원에 대해 먼저 탐색해 보고, 지역사회에서 실현 가능한 에너지원 중 미니태양광 보급 문제를 다룬다.
연구 목적과 **필요성** **(5문장 이상)**	① 전 세계가 기후 위기에 당면하여 탄소 배출을 최소화하는 친환경 정책을 전개하고 있다. ② 한국도 '2050 탄소중립 목표 기후동맹'에 가입하여 탄소중립을 위한 여러 정책과 비전을 제시하고 있다. ③ 정부 주도의 탄소중립 정책과 대응도 중요하지만, 각 지역사회의 특수성을 고려한 탄소중립 실천 시나리오가 필요하다. ④ 탄소 배출이 적으며 반영구적이고 설치 비용이 적은 미니태양광 보급을 제시하고자 한다. ⑤ 향후 다른 지역사회 역시 지역만의 특색과 특수성을 고려한 탄소중립 시나리오를 준비할 수 있도록 기초 자료를 제공하는 것이 본 연구의 최종 목적이다.
연구 방법 **(5문장 이상)**	① 탄소중립 관련 전 세계의 움직임과 한국이 참여한 '2050 탄소중립 목표 기후동맹'에 대해 알아보고 앞으로 전개될 사회적 쟁점을 살펴본다. ② 탄소 배출을 최소화할 수 있는 에너지원을 살펴보고, 최근 주목받고 있는 친환경 에너지원의 장단점을 살펴본다. ③ 친환경 에너지원 중 미니 태양광 관련 정보를 확인하고, 지역에 설치할 경우 구체적인 예산과 기간, 실현 가능한 것인지 확인한다. ④ 지역사회 내 미니 태양광 설치 과정에 따른 정부, 지자체, 기업, 시민사회의 역할을 제시한다. ⑤ 앞으로 전개될 탄소중립과 관련한 지역사회의 모습에 대해 전망해본다.

　　　　　　　　　4장 논문은 형식이 반

선행 연구 검토는
읽기에서 쓰기로의 전환

그렇다면, 우리 이제 본격적으로 논문을 써보겠습니다. 어디서부터 시작할까요? 바로 선행 연구 검토죠! 선행 연구 검토는 앞서 언급했듯이, 다른 사람이 연구했는지 미리 파악하는 것입니다. 이미 연구가 끝난 것을 다시 '또' 할 필요는 없죠. 축구선수 손흥민이나 메시가 빈 공간을 찾아 돌파하듯 논문 역시 연구가 덜 된 공간을 찾아 돌파해야 합니다!

선행 연구 검토란 무엇인지 본격적으로 살펴보겠습니다. 선행 연구 검토는 기존의 연구를 그대로 복사해 오는 것이 전부가 아닙니다. 그건 티가 무척 나는 짜깁기에 불과합니다. 앞서 말씀드렸습니다. 논문은 최대한 티 나지 않게 짜깁기하는 일이라고요. 남의 글과 나의 글이 조화롭게 잘 뒤섞여야 합니다. 그래서 선행 연구 검토하여 선행 연구를 자신의 논문에 인용하는 일은 다음의 다섯 가지 기능을 갖고 있습니다.

1. 학문공동체 네트워크를 형성한다
2. 논문 서술의 부담을 줄여준다
3. 논증을 뒷받침하는 역할을 한다
4. 독자에게 다양한 정보를 제공한다
5. 연구 완성도를 보여준다

첫째, 선행 연구 검토는 학문공동체 네트워크를 형성합니다. 선행 연구를 인용하고 검토한다는 것은 그 공동체 안에서 저자가 스스로 위치를 자리 잡게 합니다. 기존 논의에 비판적인지 혹은 옹호할 것인지, 어떤 논의에 동의하고 어떤 논의에 반대하는지 등, 관점과 관계를 설정하게 됩니다. 그렇게 학문공동체 안에 소속되는 것. 그것이 바로 선행 연구 검토입니다.

둘째, 선행 연구 검토는 논문 서술의 부담을 (확) 줄여줍니다. 자기 말로 논문 전체를 채울 수 없습니다. 그 하얀 페이지를 온통 자기 말로 채우는 것은 진짜 공포입니다. 시인과 소설가가 아닌 이상, 정말 어렵습니다! 선행 연구를 검토하고 인용하면서 남의 논리와 나의 논리를 자연스럽게 섞어서 분량을 채워갈 수 있습니다. 물론 남의 논의'만' 가져오는 것은 곤란합니다.

셋째, 선행 연구 검토는 논증을 뒷받침하는 역할을 합니다. 무조건 남의 논의'만' 가져오면 문제지만, 남의 논의가 나의 논의와 적절히 만나 나의 논증을 뒷받침해준다면 '천군만마'를 얻는 것과 같습니다. 쉽게 말해, 내 말만 하면 설득력(약발)이 떨어지니까, '자 봐봐, 다른 사람들도 이렇게 말했어. 내 말이 맞지?'하고 내 논의에 신뢰성을 높이는 것이 바로 선행 연구 검토입니다. 정말 중요하죠.

넷째, 선행 연구 검토는 독자에게 다양한 정보를 제공합니다. 다양한 논의들을 보기 좋게 정리한 것만으로도 가치가 있습니다. '종합선물세트' 같은 느낌이죠. 저는 이런 정리의 방식을 무척 좋아해서, 논문 쓸 때 선행 연구 검토에서 기존의 논의들을 하나도 빠짐없이 모조리 정리하려고 합니다! 성격이죠. '이제부터, 이 주제와 관련된 논의는 내가 정리 다 했으니, 내 논문만 보면 됩니다'하고 호언장담할 수 있을 정도로 말입니다. 선행 연구를 검토하면서 기존 논의를 비교, 분석해놓았으니, 그것만으로도 독자에게 다양한 정보와 꿀팁을 제공합니다.

다섯째, 선행 연구 검토는 연구 완성도를 보여줍니다. '자기 자랑' 같은 것입니다. 이 주제와 관련된 연구는 내가 '끝판왕'이다 하고 보여주는 것인 선행 연구 검토. '나는 이 주제와 관련된 모든 논의를 다 살펴봤더니 어떤 문제를 발견했고, 그래서 나는 그 문제점을 깊게 파고 들어갔지. 그래서 내 논의가 이 구역의 끝판왕이야'하는 것을 과시하듯 보여주는 것이 바로 선행 연구 검토. 따라서 선행 연구 검토가 적은 논문은 빈약해 보이고, 완성도가 떨어져 보입니다. '기존의 논의는 확인하지 않고 자기 말만 했네' 하고 완성도를 낮게 보는 거죠.

이와 같이 다섯 가지 기능을 통해 선행 연구 검토는 읽기에서 쓰기로의 전환을 일으키고, 이때의 전환이 바로 연구의 목적이자 필요성입니다. 남의 논의를 읽다 보니, 이 부분을 내가 써야겠구나 하고 연구의 목적과 필요성이 드러나는 거죠. 그래서 선행 연구 검토가 논문 쓰기를 시작할 때 가장 먼저 중요한 것이고, 가장 먼저 해야 할 일입니다.

무조건 표절은
범죄다

그런데 문제는, 선행 연구를 검토한 끝에 선행 연구를 인용할 때 표절의 가능성이 늘 존재한다는 것입니다. 정말 조심해야 합니다. 표절은 범죄니까요.

몇 년 전 석사논문이 표절로 밝혀져 가수 홍진영은 연예계 퇴출 수순을 밟게 되었습니다. 홍진영의 석사학위 논문을 표절검사 서비스 〈카피킬러〉로 검사한 결과 표절률 74%가 나왔습니다. 전체 556문장 중 동일하거나 유사한 문장이 489문장이라고 합니다. '빼박캔트(빼도 박도 못하다)'죠. 물론 홍진영은 학력으로 이득을 취한 일이 없다고 해명하면서 죄송하다는 사죄의 뜻을 밝혔지만. 아쉽게도 표절 스캔들이 터지기 전에 자신의 학위에 대해 방송 여기저기서 자랑을 하고 다녔으니, 여론은 극도로 악화하였죠. 당연히 박사학위도 취소되었고요. 당분간 방송가에서 홍진영을 보기는 어려워 보입니다. 그리고 얼마 지나지 않아 설민석도 석사논문 표절 스캔들이 기사화되었습니다. 표절률 52%. 대체로 학위논문의 표절률은 25% 이

내까지는 문제 없는 것으로 봅니다. 선행 연구 검토와 인용이 있으니까요. 그렇지만 기준치의 2배가 넘는 표절률이 나왔으니, 설민석도 아웃(out). 방송가 모든 프로그램에서 모서가기 바빴던 설민석 또한 퇴출당하고 말았습니다. 표절 문제가 이렇게 심각합니다. 정말 조심해야 합니다!

최근에야 표절과 저작권에 대한 인식이 높아졌지만, 불과 10년, 20년 전만 해도 표절에 대한 인식이 매우 낮았습니다. 석사논문은 대놓고 짜깁기했고, 또 〈카피킬러〉라는 프로그램 따위가 전혀 없었습니다. 논문 두 편을 양옆에 놓고 일일이 밑줄 치면서 찾아내지 않는 이상, 표절률이라는 통계값을 구할 수가 없었죠. 물론 이전에도 연구계에서 표절을 많이 했다는 말이 암암리에 떠돌았던 것도 사실이고, 대학원 내에서 쉬쉬하기도 했습니다. 모두 같은 편이니까요. 그러나 이제는 인식이 달라졌습니다. 우연한 표절도 범죄입니다. 〈카피킬러〉라는 프로그램에 문서파일을 넣으면 30초 안에 표절률이 나옵니다. 표절을 어디서 했는지도 바로 뜨고요. 다시 한번 말씀드립니다. 표절은 범죄입니다. 반드시 유의해야 합니다.

표절의 유형은 몇 가지 알려 드리겠습니다. 가장 먼저 협의의 표절. 인용 표시를 아예 하지 않은 표절입니다.

협의 표절의 유형(인용을 표시하지 않음)

유령작가형 : 다른 사람 것을 자기 것으로 제출

사진복제형 : 출처 변형 없이 그대로 복붙

도시락글형 : 여러 출처에서 복제하여 문장 편집

못난변장형 : 출처 그대로 하되 주제어, 표현만 변형

게으름뱅이형 : 출처의 내용을 그냥 변형, 짜집기

자기도둑형 : 자신의 예전 글을 복·붙

좁은 의미의 표절입니다. 인용을 표시하지 않고 다른 사람의 논의를 자기 논의인 것처럼 위장한 것입니다. 또한, 자신의 논의를 계속 새로운 글에 '복·붙'하는 것도 표절입니다. '자기표절'이라고 하죠. 기존의 원본 글을 똑같이 '북붙'하고 인용을 밝히지 않으면 '철컹철컹'. 범죄자로 잡혀갑니다. '다 쓴 각주도 다시 보자'. 진짜 조심해야 합니다.

광의 표절의 유형(인용 표시는 했지만 부적절함)

주석망각형 : 출처를 까먹고 표시하지 않음

정보오보형 : 출처를 부정확하게 표시함

말바꾸기형 : 출처를 애매하게 표시하여 자신의 해석으로 위장

잔머리형 : 출처를 표시하지만, 원저자의 독창성을 기재하지 않음

완전범죄형 : 말바꾸기한 내용이 인용 자료를 분석한 것처럼 위장

다음은 광의의 표절. 넓은 의미에서 표절입니다. 인용 표시는 했지만 부적절하게 인용한 것입니다. 출처를 제대로 표기하지 않고 얼버무렸습니다. 대부분 연구자들이 제일 많이 하는 실수이기도 합

니다. 논문 쓰기 바쁘니까, 이 문장이 남의 논의인지 누구의 논의인지 내 말인지 헷갈리기 시작하면, 그때부터 답도 없습니다. 일단 쓰고 보는 거죠. 나중에 논문을 제출할 때, 그제야 〈카피킬러〉를 돌려보고 자기가 어떤 논의에서 글을 긁어왔는지 알게 됩니다. 그때 부랴부랴 주석을 달기 시작하죠. 이것은 그나마 양반입니다. 출처를 애매하게 표시하거나 인용 자료를 분석한 것처럼 위장하면 거의 완전범죄에 가깝습니다. 그러나 같은 주제를 연구하는 연구자들은 아주 잘 압니다. 이 논의는 누구 것인데, 출처 표기 없이 그냥 가져왔네 하고 말입니다. 조심하세요.

따라서 당신은 선행 연구 검토에서 제대로 출처 표기하는 것에 무척 신경 써야 합니다. 짜깁기가 많아서 논문 퀄리티가 떨어지는 것은 용서할 수 있지만, 표절해서 범죄를 저지르는 것은 용서할 수 없습니다.

자 그렇다면, 선행 연구 인용 '꿀팁'을 3가지 알려드리겠습니다. 아주 깔끔하게 정리해 드리겠습니다!

1.

요약과 발췌의
차이를 구분할 것

'요약'은 선행 연구 전체 혹은 부분을 본인 방식으로 정리하고 의미를 부여한 것입니다. 어떤 논문에서 어떤 논의가 있었는데, 이 논의는 이래서 의미가 있다, 이래서 문제가 있다 하는 식으로 정리하고 의미를 부여하는 것인데요. 여기서 팁을

드리자면, 선행 연구의 초록과 결론에서 연구 전체를 요약하는 문장을 쉽게 찾을 수 있습니다. 논의 전체를 정리하는 문장이 결론과 초록에 꼭 있거든요. 그것만 가져와도 됩니다. 그리고 이렇게 씁니다. 'OOO의 연구에 따르자면 OOO는 OOO하다는 점을 알 수 있는데, 이래서 이 논의는 의미가 있다 혹은 미흡하다' 등등 자신이 다른 선행 연구를 가치 평가할 수 있습니다. 요약의 방식이죠.

이와 다른 것이 바로 '발췌'. 발췌는 본인 연구에 선행 연구의 특정 부분이나 특정 문장이 필요한 경우입니다. 요약이 아니라, 특정 문장 몇 줄이 필요한 거죠. 자신의 논증을 뒷받침하기 위해서입니다. 이때는 선행 연구의 중요한 문장을 직접 인용, 즉 큰따옴표로 표기해주면 됩니다. 원문에서 토씨 하나 틀리지 않고 그대로 옮겨오되, 큰따옴표로 이 문장은 내 말이 아니야 하고 표시해주면 끝. 참 쉽죠? 이제 당신은 요약과 발췌의 차이를 분명하게 인식할 수 있게 되었습니다!

2.
가장 최근 논문의 선행 연구를
요약하고 발췌할 것

특히 박사논문이면 더 좋고요. 기존 논의가 아주 잘 정리된 고퀄리티의 논문을 찾아야 합니다. 논문도 '고퀄'이 있고 '쓰레기'가 있습니다. 대학원가에서는 이런 말이 있습니다. 서평 파트에서도 비슷한 언급을 했었는데요. 교수 같은 박사, 석사 같은 박사, 박사 같은 석사, 그리고 척척박사. 교수급에 다다른 박사

  5장 논문은 선행 연구 검토부터

가 있고, 석사의 퀄리티도 안 되는 박사가 있습니다. 박사에 가까운 고퀄의 석사가 있고, 그냥 척척박사도 있습니다. 논문도 마찬가지. 정교수 20년 차의 교수급 고퀄의 논문이 있기도 하지만 석사 수준의 논문, 리포트 거래사이트 〈해피캠퍼스〉에 돌아다니는 학부 수준의 논문도 있습니다. 잘 보셔야 합니다. 그런데 이들의 퀄리티를 쉽게 확인할 수 있는 방법 역시 간단합니다. 바로 선행 연구 검토. 얼마나 성실하게 선행 연구를 검토했는지 읽어보면, 수준을 바로 간파할 수 있습니다. 수준 낮은 논문일수록 선행 연구 검토가 거의 없습니다.

3.
논의들을 차근차근
정리하는 글을 쓸 것

다른 문서에 직접 정리해도 되고, 논문에 직접 써도 됩니다. 그렇지만 나중에 퇴고할 때 정돈해야 하니, 저는 논문 문서파일에 직접 최근 논의들을 정리하여 쓰는 것보다는 다른 문서파일에 쓰는 것을 추천합니다. 일단 차근차근 논의들을 정리하고, 본인 논문에 필요한 것만 가져오는 거죠. 선행 연구를 정리하는 것은 독자에게 좋은 정보를 제공하는 선물이기도 하지만, 본인에게도 선물이 되기도 합니다. 왜냐하면, 앞서 말씀드렸지만, 선행 연구를 정리하면서 분량도 확보하고 개념도 정리되며 아이디어도 얻을 수 있기 때문입니다. 맨땅에 헤딩하는 것보다는 그래도 비빌 언덕 이 있는 게 훨씬 낫잖아요? 만약 논문을 써야 하는데 막막하고 답이 없다면, 선행 연구를 차근차근 정리해보세요. 그러면 어느새 자신의 할 말을 찾게 될 것입니다. 실은, 선행 연구를 정리하다 만들어진 게 제 박사논문이기도 합니다. 저는 정리를 참 좋아하거든요.

이와 같이 선행 연구 검토부터 논문은 시작합니다. 연구계획서는 말 그대로 계획서이고요. 계획서를 쓰고 나면, 당신은 재빨리 선행 연구 검토로 넘어가야 합니다. 그리고 (이건 영업비밀인데) 선행 연구 검토는 선행 연구 검토를 잘해놓은 논문을 찾으면 끝입니다! 그 논문의 검토만 잘 봐도 최근 선행 연구의 흐름을 알 수 있고, 본인 연구에 도움되는 논문들을 바로 찾을 수 있습니다. 이것은 대학원생 혹은 연구자 모두가 알고 있는 사실이지만, 입 밖으로 꺼내면 안 되는 불문율이기도 합니다. 왜냐하면, 대학원 혹은 연구장에서는 모든 논문과 연구를 모두 찾아 읽어봐야 한다고 말해야 하니까요. 언제 다 찾고 다 읽고 있습니까? 우리는 (매우) 바쁩니다.

06 　올바른
주석 달기의 모든 것

표절과 인용은
종이 한 장 차이

　　　　　앞서 언급했지만, 표절과 인용의 갈림길은 종이 한 장 차이입니다. 정말 별것 아닌데, 인용 표시가 없으면 범죄가 되고, 있으면 용서가 됩니다. 깜빡 잊었다고 해도, 실수라고 해도 범죄는 범죄입니다. 따라서 주석(출처 표기)만 잘 달아도 표절 문제에서 벗어날 수 있습니다. 범죄자가 될 수 있었지만, 주석으로 무죄가 될 수 있습니다. 아니, 죄를 처음부터 짓지 않았으니 문제 될 것도 없습니다.

　　주석 표시할 때 유의점을 빠르게 정리해 드리겠습니다.

　　직접 원문을 확인한 인용 외에는 '재인용'으로 표시해야 합니다. 참고한 논문에 다른 사람의 글이 또 인용되어 있다면, 그 또 다른 사람의 글을 직접 찾아보고 인용하는 것이 아니라면, '재인용'이라는 말을 꼭 써야 합니다. 간혹 2차 인용을 가져와서 마치 읽어본 것처럼 적는 논문을 몇 번 본 적 있는데, 바로 걸립니다. 원문이랑 조금 다를 수 있거든요. 그것도 표절입니다! 직접 본 것이 아니라면 2차 인용은 재인용이라고 표시를 꼭 해야 합니다.

이와 관련하여, 과시적으로 불필요하게 주석을 달면 안 됩니다. 나 이만큼 공부한 사람이야, 나 이렇게나 많이 참고 자료를 읽었어 하고, 누가 봐도 다 읽은 것 같지 않은데 과시하려고 주석을 주렁주렁 달아놓으면, 그 사람과 그 논문을 의심하게 됩니다. 신뢰가 떨어지니까요.

또한 인용한 부분의 시작과 끝을 명확히 표시해야 합니다. 간접 인용 즉, 요약했을 경우는 그나마 낫지만, 직접 인용을 했을 경우, 큰 따옴표 안에 문장을 넣어서 인용한 부분의 시작과 끝을 명확히 표시 해야 합니다. 그렇지 않으면 표절!

그리고 당연한 이야기지만, 주석은 서지사항을 빠짐없이 기재 해야 합니다. 저자명, 저서, 출판사, 출판연도, 인용 쪽수 등을 정확 하게 넣어야 합니다. 서지사항 표기법은 뒤이어 다시 알려 드리겠습 니다. 물론, 주석은 일관된 형식을 유지해야 합니다. 주석끼리 서로 다른 기호를 쓰거나, 표기 방식이 달라서는 안 됩니다. 하나로 통일 해야 합니다.

자 그럼, 이상의 유의점을 하나씩 보다 자세히 살펴보도록 하겠 습니다.

1.

직접 본 것이 아니면
재인용

올바른 주석 달기 첫째, 직접 본 것이 아니면 무조건 '재인용'입니다. 재인용 표시를 꼭 해야 범죄자가 되지 않습니다. 예를 들어보겠습니다.

번역 문제는 원문이란 살아있는 것의 변형과 재생을 통해서만 지속적인 삶을 산다고 했던 벤야민[1]의 관점에서 생각해볼 수 있다.

"원문이란 살아있는 것의 변형과 재생을 통해서만 지속적인 삶을 산다고 했던 벤야민" 위에 각주 표시(1)가 있습니다. 벤야민이라는 철학자의 글인데요. 다른 사람의 논문(김문주)에서 벤야민의 글이 인용된 것을 보았는데, 내 논의에 필요합니다! 어떻게 할까요? 크게 2가지 방식이 있습니다. 벤야민의 책을 찾아서 직접 읽고 원문 출처를 표기하든가, 아니면 '재인용'이라고 표시하든가. 저는 후자를 선택해보겠습니다.

그러면, 각주는 원문의 출처를 적고 나서 괄호 안에 원문을 봤던 텍스트의 서지사항을 빠짐없이 다 적어야 합니다. 그리고 그 뒤에 '재인용'이라는 말을 표시해야 합니다. 현 페이지 바로 밑의 각주

---

1 발터 벤야민, 「번역가의 과제」, 『발터 벤야민의 문예이론』, 민음사, 1983, 323쪽. (김문주, 「번역과 조선 시형의 창안—김억을 중심으로」, 『어문논집』 63, 민족어문학회, 2011, 345쪽 재인용.)

처럼 말입니다. 이렇게 인용하면 아무런 문제도 발생하지 않습니다. 직접 본 것이 아니라면 재인용! 매우 윤리적인 것으로 논문 쓸 때 꼭 지켜야 할 사항입니다. 재인용이라고 표기한 논문은 아무래도 신뢰가 갈 수밖에 없겠죠?

2.

인용의 시작과 끝은
확실히

올바른 주석 달기 둘째, 인용의 시작과 끝은 확실하게 표시해야 합니다. 어디서부터 어디까지 인용했다는 것을 정확히 표시해야 합니다. 모호하게 표시하면 '광의의 표절'에 걸립니다. 앞서 제가 요약과 발췌의 차이를 알려 드렸습니다. 기억 나시죠? 요약은 선행 연구 전체 혹은 부분을 본인 방식으로 정리한 것이고, 발췌는 선행 연구의 특정 부분을 직접 가져온 것입니다. 요약은 '간접 인용', 발췌는 '직접 인용'이라 할 수 있는데, 이를 어떻게 표기해야 하는지 알려 드리겠습니다.

요약(간접 인용)

푸코는 구체적이고 실제적인 장소로서의 유토피아를 '헤테로토피아(heteros+topos)'[2]로 제시하면서 모든 장소와 장소가 반영한 배치와 맞서는 '반(反) 공간'의 가능성을 보여준다.

---

[2] 미셸 푸코, 이상길 역,『헤테로토피아』, 문학과지성사, 2014, 12쪽.

 6장 올바른 주석 달기의 모든 것

이는 "그의 초기시와 다른, 떠돌이 시인의 새로운 면을 보여주는 것"[3]으로 형식과 내용 측면에서 모든 시집과는 현저히 다른 모습을 보여주고 있다.

요약은 보시는 바와 같이, 정리된 부분 위에 각주 숫자를 넣고, 주석으로 인용한 부분을 표기해야 합니다. 간단하죠. 발췌의 경우는 큰따옴표의 시작과 끝이 발췌된 부분임을 보여주면서 닫는 큰따옴표 옆에 바로 각주 숫자를 넣고, 주석으로 인용한 부분을 표기하면 됩니다. 요약과 발췌의 차이는 이렇게 간단합니다. 만약 요약이 참고한 논문 혹은 책 전체를 자신이 평가하거나 요약하는 것이라면, 인용한 자료의 서지사항을 다 입력하되, 쪽수를 기재하지 않으면 됩니다. 발췌는 똑같습니다. 인용한 문장이 있는 쪽수를 기재하면 됩니다.

3.

주석도 다양한
형식이 있다

올바른 주석 달기 셋째, 주석도 다양한 형식이 있다는 것을 알아야 합니다. 내주와 외주(각주)의 차이를 잘 확인해야 합니다. 학문 분야에 따라 다르긴 하지만, 제가 속해 있는 인문계열, 특히 현대문학 쪽에서는 내주를 달지 않고, 외주만 표기

3 박혜숙, 『백석-우리 문화의 원형탐구와 떠돌이 삶』, 건국대학교출판부, 1995, 45쪽.

하는 편입니다. 예를 들어보겠습니다.

내주

2000년대 후반부터 인간 본성에 대한 성찰을 바탕으로 한 인문학 중심의 교육과정에 대한 필요성이 지적(차하순, 2007)되었다.

외주

2000년대 후반부터 인간 본성에 대한 성찰을 바탕으로 한 인문학 중심의 교육과정에 대한 필요성이 지적[4]되었다.

'내주'는 본문 안에 괄호로 참고문헌의 서지사항만 간략하게 넣는 방식입니다. 대체로 저자명과 발간연도를 넣는 편이 많고, 저자명과 인용 페이지를 넣는 편도 있습니다.

'외주'는 각주라고도 하는데, 제일 보편적입니다. 앞서 각주를 보셨듯이, 본문 문장이 있고 주석을 넣는다는 숫자 표시와 함께 문서 하단에 그 숫자에 따라 인용한 서지사항이 기재되어 있습니다.

다시 말해 내주는 아주 간단하게 본문에 서지사항을 넣는 것이고, 외주는 서지사항 전부를 따로 문서 하단에 기재하는 방식입니다. 물론 학문분야에 따라 선호하는 양식이 다릅니다. 당신이 속한 분야의 논문을 찾아보면 이 중 한 가지를 선택하고 있다는 것을 알게 될 것입니다. 물론 논문의 마지막 장 〈참고문헌〉에서는 그동안

---

4 차하순, 「전환기에서의 대학 교양교육의 방향」, 『교양교육연구』 2, 한국교양교육학회, 2007, 149~163쪽.

인용한 참고문헌의 서지사항을 하나도 빠짐없이 모두 표기해야 합니다. 내 논문이 어떤 글들을 참고했는지 전체를 확인할 수 있는 곳이며, 마찬가지로 당신이 다른 논문의 참고문헌 서지사항을 확인하여 당신 논의에 필요한 논문 정보를 구할 수도 있습니다. 제가 자주쓰는 방법이죠.

4.

서지사항은 일관되게
표기할 것

올바른 주석 달기 넷째, 서지사항은 일관되게 빠짐없이 기재해야 합니다. 그런데 서지사항을 기재하는 양식이 조금씩 다릅니다. 당연히 학문 분야에 따라 다르겠죠. 인문과학 분야에서 주로 쓰는 'MLA 양식', 사회과학 분야에서 주로 쓰이는 'APA 양식', 이 두 분야에서 동시에 쓰이는 'Chicago 양식'. 이렇게 크게 3가지가 있습니다. 이외에도 생물학 분야, 의학 분야, 화학 분야, 물리학 분야 등 각 분야에서 쓰이는 양식이 따로 있습니다. 당신 전공과 관련된 논문을 찾아보면 쉽게 확인할 수 있습니다. 아주 간단하게 설명해 드리겠습니다. 더욱 자세한 사항은 직접 웹페이지에 검색해서 확인하시면 됩니다.

MLA 양식

내주 : (저자명, 페이지)

외주 : 저자명, 책제목, 발행처, 발행일, 페이지.

참고문헌 : 저자명, 책제목, 발행처, 발행일.

ex) 외주(각주) : 김남규, 글쓰기 파내려가기, 고요아침, 2021, 55쪽.

APA양식

내주 : (저자명, 발행일) 또는 (저자명, 발행일, 페이지)

외주 : 없음

참고문헌 : 저자명(발행일), *책제목(이탤릭)*, 발행처.

ex) 참고문헌 : 김남규 (2021), *글쓰기 파내려가기*, 고요아침.

Chicago 양식

내주 : 없음

외주 : 저자명, *책제목(이탤릭)*(발행처, 발행일), 페이지.

참고문헌 : 저자명, *책제목(이탤릭)*, 발행처, 발행일.

ex) 외주(각주) : 김남규, *글쓰기 파내려가기*(고요아침, 2021), 55쪽.

'MLA 양식'은 전 세계적으로 사용되는 인용 스타일이고 주로 인문과학 분야에서 자주 사용됩니다. MLA 양식은 내주와 각주, 참고문헌의 방식을 사용합니다. 본문에 간단하게 인용한 서지사항만 적는 내주를 쓰고 완전한 서지정보는 참고문헌에서 찾거나, 외주인 각주와 참고문헌을 둘 다 쓰는 두 가지 방식이 있습니다.

반면에 'APA 양식'은 본문에 내주만 쓰고, 완전한 서지정보는 참고문헌에서 찾는 방식입니다. 어떻게 보면, APA 양식이 더욱 효율적일 수도 있죠. 일일이 각주를 쓰지 않아도 되니까요.

‘Chicago 양식’은 시카고 대학 출판부에서 1906년에 출판한 인용 가이드북을 따르는 형식인데, 개인이나 기관이 선호하는 다양한 방식을 모두 허용합니다. 대체로 각주와 참고문헌을 쓰고, 필요에 따라서는 내주도 씁니다. 그러나 최근에는 각주와 참고문헌만 쓰거나, 내주와 참고문헌만 쓰는 경우도 있습니다.

그러나 보시는 바와 같이 약간씩 서지사항 기재 순서가 다릅니다. MLA양식에서는 책 제목 뒤 괄호 안에 발행처, 발행일이 들어가지만, APA양식에서는 저자 뒤에 발행일, 이탤릭체로 된 책제목, 발행처를 적습니다. Chicago 양식도 다르죠. 학문 분야마다 학술단체마다 양식이 조금씩 또 다릅니다. 그러니 논문을 쓸 때는 각 분야에 맞는 서지 사항 작성법을 미리 확인해서 잘 따라야 합니다.

또한, 논문 전체에서 일관된 기호를 사용해야 합니다. 한국은 이탤릭체를 쓰는 것을 좀 꺼립니다. 그래서 문장기호 중 꺾쇠를 쓰는 편인데요. 작은꺾쇠(「」, 〈 〉)는 글의 제목에, 큰꺾쇠(『 』, ≪ ≫)는 책 제목에 쓰죠. 참으로 복잡한 세계입니다.

5.

참고문헌은 반드시
순서대로

올바른 주석 달기 마지막 다섯째, 참고문헌은 반드시 순서대로 정리해야 합니다. 논문 마지막 장에 그동안 참고한 논문과 자료들을 가나다순, 알파벳순으로 정리해야 합니다. 다른 문서파일에 따로 참고문헌의 서지정보를 입력해두는 것이 좋고, 처음 논문에 각주를 달 때 서지사항을 빠짐없이 적는 것이 좋습니다. 그러면, 추후 다시 원문의 서지사항을 확인할 필요가 없습니다. 제 논문의 참고문헌을 예로 들겠습니다.

〈참고문헌〉

곽효환,「백석 기행시편 연구」,『한국근대문학연구』18, 한국근대문학연구회, 2008.

김희경,「오장환 시의 공간의식 연구-문, 항구, 길의 이미지를 중심으로」,『우리어문연구』31, 우리어문학회, 2008.

박주택,『낙원회복의 꿈과 민족정서의 복원』, 시와시학사, 1999.

송   준,『시인 백석 2』, 흰당나귀, 2012.

안도현,『백석 평전』, 다산책방, 2014.

가라타니 고진, 송태욱 역,『일본정신의 기원』, 이매진, 2003.

디히터 람핑, 장영태 역,『서정시 : 이론과 역사』, 문학과 지성사, 1994.

MLA이든 APA이든 시카고든 간에 논문의 마지막 장인 〈참고문헌〉장에는 서지사항을 빠짐없이 다 적어야 합니다. 이때 방식은 저자명을 기준으로 '오름차순'으로 정렬하면 됩니다. 가나다순으로 하면 되죠. 그리고 한국 저자와 외국 저자를 구분해야 합니다. 주로 한 칸 띄는 것으로 구분합니다. 외국 작가의 경우, 저자명 원문을 영어로 적는 경우도 있고, 저처럼 번역된 저자명을 써도 됩니다. 통일만 하면 됩니다.

07 ____________ 논문 쓰기
실전 전략

전략 없이 쓰다가는
폭망한다

이제 본격적으로 수집된 자료를 검토하고 분석할 때가 되었습니다. 여기서 중요한 것은, 앞서 언급했듯이 자료는 읽는 것이 아니라 훑는 것입니다. 꼼꼼하게 다 읽을 필요가 없습니다. 대충 훑고 자신의 논의에 필요한 것들을 일단 표기해두는 것으로 끝. 예컨대 저는, 자료를 모두 프린트해서 대충 읽고 중요한 부분만 포스트잇으로 표기해놓고, 포스트잇에 키워드를 적어두곤 합니다. 그리고 키워드별로 분류해서 폴더에 넣은 다음, 나중에 논문 쓸때 하나씩 꺼내봅니다. 그게 바로 자료 수집과 분석입니다. 수집한 자료를 분석하고, 또 자신의 논의에 필요한 자료를 다시 찾아가면서 우리는 논문이라는 것을 본격적으로 쓰게 되는 거죠. 이제부터 진짜 실전입니다!

예전에 제가 중학생 때 '스타크래프트'라는 게임이 나왔습니다. 동네 PC방 대회에서 2등을 할 만큼 제가 중고딩 때 정말 열심히 했던 게임입니다. 요즘에는 '롤(리그 오브 레전드)'이나 '배그(배틀그라운드)' 등을 많이 하지만, 그런 게임들의 시조새이자 세계 모든 게임 리그를 휩쓰는 'K-프로게이머'가 있게 한 게임이 바로 '스타크래프트'죠. 그런데 이 게임은 무턱대고 물량 모아서 공격 갔다가는 '폭망'합니다. 무척 세심한 컨트롤과 허를 찌르는 전략이 있어야 합니다. 논문 쓰기도 마찬가지. 무턱대고 전략 없이 논문 쓰다간 '폭망'합니다. 그리하여, 당신이 논문 쓰는 데 보다 도움이 될 수 있도록, 논문 쓰기 실전 전략 7가지를 준비해 보았습니다. 화려한 당신의 컨트롤을 기대하겠습니다!

1.

서론 첫 문장만 일단 잘 쓰고
서론의 나머지는 대충 써놓을 것

어차피 결론 다 쓰고 다시 써야 하는 것이 서론이니까, 첫 문장만 조금 신경 씁시다. 그리고 첫 문장에 연구의 목적과 방법론이 한 문장으로 요약되어야 합니다. 첫 문장부터 엉성하면 그 논문의 퀄리티와 저자의 실력이 의심받기 시작합니다. 그리고 첫 문장은 당연히 매력적이어야 하고, 논문 전체가 어떻게 시작할지 잘 보여줘야 합니다. 그래서 첫 문장은 완전하고 깔끔한 문장이어야 합니다. 예컨대,저는 박사논문 첫 문장을 "이 논문은 한국 근대 초기 시(詩)와 가(歌) 분리 과정에 나타난 정형률 논의에 주목하여 한국 시 리듬론의 기원과 형성 과정을 살펴보는 데 목적을 둔다."라고 썼습니다. 완벽한 문장은 아니지만, 완전하게 쓰려고 노력했고, 첫 문장을 통해 연구의 목적과 방법을 한눈에 확인할 수 있도록 했습니다. 물론 서론 첫 문장을 처음부터 잘 쓰면 좋겠지만, 그게 어려운 경우도 있습니다. 그럴 때는 계속 퇴고해야겠죠.

그런데 서론은 연구 목적과 문제 제기와 연구사 검토, 연구 방법이 모두 들어가야 합니다. 하지만 이것을 당장에 모두 다 쓸 수 없죠. 쓰면서 문제가 다시 제기되고, 새로운 문제가 만들어지기도 하며, 연구 방법이 바뀔 수도 있고 방법도 달라질 수 있습니다. 그러니까, 일단 서론은 대충 써놓고 바로 본론으로 가야 합니다. 어차피 퇴고하면 되니까요. 논문 '초짜'들이 제일 많이 실수하는 것이 바로 이 부분입니다! 서론 가지고 끙끙 앓다가 더는 진도를 나가지 못합니다! 본론은 구경도 못해요. 일단 서론은 대충 쓰고, 본론으로 바로 넘어가야 합니다.

2.
본론은 샘플을
먼저 써보고 시작할 것

본론을 '꼭' 1장, 2장, 3장 순서대로 써야 할 필요가 없습니다! 연구계획서에는 순서가 있겠지만, 쓸 때는 순서를 반드시 지키지 않아도 됩니다. 1장 대충 썼다가 2장 써도 되고요. 3장 쓰다가 2장으로 다시 돌아가도 됩니다. 순서 상관없이 쉬운 것부터 쓰면 됩니다. 왜냐하면, 자료 분석이 처음부터 쉽게 되지 않으니까요! 일단 대충 쓰면서 분량을 만들어가는 것이 중요합니다. 나중에 퇴고할 때 불필요한 부분은 지우면 됩니다. 지우는 게 쓰는 것보다 더 쉽습니다. 여기서 중요한 것은 샘플인데요. 어떤 장이든 상관없으니 샘플로 글을 일정량 써야 합니다. 그 샘플을 통해 어조, 용어, 문체 등을 '영점 조정'할 수 있습니다. '영점 조정'은 군대에서 쓰는 말인데요. 총기의 조준점을 맞추는 겁니다.

글쓰기 역시 마찬가지. 가장 먼저 글쓰기의 조준점(기준)을 맞춰야 합니다. 샘플을 통해, 좀 더 어조를 비판적으로 써야겠다, 이 용어는 이런 용어로 바꿔야겠다, 문체가 너무 부드럽다 등 다양한 요소들을 확인하면서 기준을 세우는 겁니다. 무턱대고 본론 다 썼다가 모조리 엎는 것보다 차라리 낫습니다. 샘플을 먼저 만들어보세요. 그래서 어떤 장을 먼저 써도 상관없습니다. 일단 쉽게 풀리는 것부터, 자료 분석하기 쉬운 것부터 쓰면 됩니다.

3.

본론은 그림을
그려가면서 쓸 것

'그냥' 아무 생각 없이 쓰면 나중에 지울 게 많아집니다. 연구계획서대로 쓰더라도 어느 정도 헤맬 수밖에 없습니다. 그렇기 때문에 그림을 그려가며 글 전체를 디자인해야 합니다. 그래서 저는 무턱대고 문서파일에 글을 써가는 것보다는, 노트에 직접 메모를 하면서 써가는 것을 추천합니다. 키워드나 매핑 (mapping) 등을 그림이나 메모로 남겨두는 거죠. 문서파일에서는 낙서에 가까운 메모가 쉽지 않으니까요. 직관적으로 바로 확인할 수 있도록 직접 펜으로 노트에 메모하는 겁니다. 그것은 마치 범죄 '프로파일링'과 같은 것인데, 논문 역시 지도를 만드는 거죠. 영화나 드라마에서 가끔 볼 수 있듯이 범죄자를 잡기 위해 다양한 인물 관계도와 사건을 칠판에 적는 것처럼, 논문 역시 낙서 가까운 메모를 하면 좋습니다. 2장에서는 무슨 말을 하고, 3장에서는 무슨 말을 할 건데 그것은 어떤 키워드로 정리하고, 장마다 어떤 방법론과 키워드를 쓸 것인지, 자유롭게 메모하는 겁니다. 그런데 생각보다 이 메모가 매우 중요합니다. 길 잃는 것을 방지하거든요. 진짜진짜 추천하는 꿀팁입니다.

4.
두괄식으로 단락을
만들어가며 쓸 것

미괄식이나 중괄식도 있지만, 논문은 두괄식이 제일 낫다고 생각합니다! 논문은 일단 주장을 던져놓고 그 주장을 뒷받침하는 논거를 제시하면서 논증하며 해명하는 방식으로 전개되니까요. 물론 중심문장이나 중요한 내용이 단락 뒷부분에 있는 경우도 있습니다.

그런데 제가 미괄식을 선호하지 않는 이유가 하나 있습니다. 바로, 실전에서 논문을 쓸 때 두괄식이 더 쉽거든요. 일단 명제를 던져놓고 논리적 근거를 이어가는 것이 더 쓰기 편합니다. 변명하듯이 명제에 대해 논리를 이어가는 것이 어떤 결과를 도출하기 위해 이런저런 말을 하는 것보다 더 쉽죠. 더욱이 참고문헌, 자료들을 인용하면 더욱 더 자신의 명제를 설명하기 쉽습니다. 무슨 말을 할 것인지 예고하고, 논리적 근거를 제시하는 것이 논증인데, 이 논증의 방식이 바로 논문의 글쓰기입니다. 수습은 그다음입니다. 다시 한번 말씀드립니다. 미괄식 구성은 쓰기 힘듭니다! 우리 논문도 최대한 쉽게 씁시다! 미괄식을 억지로 만들지는 않았으면 좋겠습니다.

5.

개념과 용어는
명확히 정의해서 쓸 것

키워드라고 할 수 있는 개념과 용어는 정확해야 합니다. 이미 통용되고 있는 개념과 용어를 연구자 마음대로 쓰면 연구의 신뢰성이 떨어집니다. 개념과 용어는 연구자가 이 연구 영역을 얼마나 잘 알고 있는지 확인할 수 있는 지표가 되니까요. 물론 영어나 다른 언어권의 번역어라면 나름대로 수정할 수 있지만, 일반적으로 연구 공동체 안에서 확정된 개념과 용어를 쓰는 것이 좋습니다. 이를테면, 기후위기, 인류세, 탄소저감정책 등 일반적으로 쓰는 개념이 있다면 그것은 그대로 옮겨 적어야 합니다.

여기서 꿀팁 하나 알려 드립니다! 당신이 논문을 쓸 때, 연구 주제와 관련된 개념과 용어에 더욱 민감해지세요. 그 개념과 용어를 명확하게 설명하는 부분을 논문 각주나 본문 안에 살짝 넣으면, 논문에 대한 신뢰도와 완성도가 높아집니다. 그리고 개념과 용어에 대한 정확한 이해를 위해 따로 공부하게 되면, 자연스럽게 연구 주제

　　7장 논문 쓰기 실전 전략

에 대한 이해도도 높아집니다. 그리고 그 개념과 용어는 나중에 논문 국문 초록의 키워드가 됩니다. 이런 키워드를 정확하게 잘 쓰고 싶으면, 다른 논문을 참고하면 됩니다. 다른 논문들과 비교적 같은 개념, 같은 용어, 같은 키워드를 쓰면 적어도 '평타'는 칩니다. 장담합니다!

6.

가설 검증의 프로세스를 전개할 것

앞서 언급했듯이 단락을 두괄식으로 쓸 때 제일 먼저 던지는 것이 명제 또는 가설입니다. 가설을 먼저 던지고, 그것을 논증하고 검증하는 과정 자체가 논문입니다. 그러니, 미괄식보다는 두괄식이 여러모로 훨씬 낫죠. 논문은 가설을 세우고 가설을 검증하는 논리를 보여주는 것이고, 현실-관찰 세계에서 논리-추상 세계로 가는 것이 바로 가설-검증 프로세스입니다. 현실의 문제를 관찰하고 이에 대한 문제를 제기하면서, 논리적인 흐름에 따라 추상적인 성찰을 보여주는 것이 바로 가설 검증 프로세스.

물론 틀린 가설도 가능합니다. 가설 검증 중 오류가 발견되면 그것을 논의해도 됩니다. 문제를 무조건 해결만 하는 것이 논문은 아니니까요. 문제를 바라보는 과정, 문제를 풀어가는 과정, 문제가 풀리는 과정 모두가 논문입니다. 그래서 가설이 입증되어 법칙이 만들어지면, 말 그대로 대박, 훌륭한 논문, 훌륭한 연구가 되는 거죠.

7.

다섯 단락
글쓰기를 할 것

나와 다른 두 사람, 총 세 사람이 모이면 상황을 바꾸는 힘이 생긴다고 합니다. 예전에 KBS 다큐멘터리에서 한 실험을 했습니다. 3명의 남자가 하늘을 바라보고 무언가 있는 것처럼 말하면 모두가 돌아본다고요. 그런데 2명이나 1명이 그러면 다른 사람들이 하늘을 쳐다보지 않습니다. 딱 3명. 3명이면 설득 가능한 거죠. 이를 '3의 법칙'이라고 합니다.

논문도 마찬가지. 이것저것 예를 많이 들 필요도 없고, 참고문헌도 이것저것 많이 인용할 필요가 없습니다. 딱 3가지. 3가지면 충분합니다. 더하면 '군더더기'가 됩니다. 3단 구성이면 끝. 예컨대 '서론—본론—결론'처럼 말입니다. 3단 구성이 효과적인 이유는 여러 가지 있지만, '정—반—합'의 3단 구성이기도 하고, 삼각형이라는 안정적인 구조이기 때문에 그렇습니다. 더욱이 사람이 어떤 정보를 다시 기억할 수 있는 적정 수준도 3가지 정도라고 합니다. 2개는 너무 적고, 4개는 너무 많습니다. 무슨 말을 하든 3가지 정도만 언급하시면 됩니다. 기억해주세요. 논문은 무조건 '3의 법칙'입니다!

자 여기서, 궁극의 '필살기' 들어갑니다! 다섯 단락이면 모든 것이 가능합니다! 일반적인 구성이기도 한데요. '도입—본론 1—본론 2—본론 3—마무리' 이렇게 5단계, 다섯 단락이면 모든 논의를 할 수 있습니다. 논문 전체의 큰 구성으로 볼 때 5단 구성. 그리고 더 좁혀 들어가면, 각 단락의 도입부(가설)에서 가설을 최종 검증해서 결론

내리는 마무리 사이에는 3가지 화제, 3가지 예시, 3가지 정도의 논리 흐름만 있으면 됩니다. 이게 바로 '3의 법칙'입니다!

이제 논문의 모든 영역에 '3의 법칙'을 적용하겠습니다. 3단계로 구성하면 어떤 논의든 문제없이 가능합니다. 도입부 하나, 마무리 하나 사이에 3가지. 총 5단락이면 논문 끝. 정반합의 변증법으로 구성되기도 하니, 명쾌하죠? 물론, '고렙'이 되어갈수록 다섯 단락의 부피가 더 커지겠죠. 그러나 명심하세요. 부피는 커질지라도 골격은 변하지 않습니다.

그래서 준비했습니다. 〈다섯 단락 글쓰기〉! 크게 두 가지 방식으로 써야 합니다. 서론 하나, 본론 1 하나, 본론 2 하나, 본론 3 하나, 결론 이렇게 크게 5단락을 만들고, 다시 각 장마다 도입부 한 문장, 중간 세 문장, 마무리 한 문장 이렇게 해서 각 장을 채우면 됩니다! 이것을 우리는 논문의 목차라고 부릅니다. 기존의 목차와 개요는 잊으세요. '다섯 단락 목차'가 시작되었습니다.

다섯 단락 글쓰기 (예시)

1. 서론 　　(5문장 이상)

① 한국을 비롯해 전 세계가 기후 위기에 당면하여 탄소 배출을 최소화하는 친환경 정책을 전개하고 있다. ② 한국 역시 '2050 탄소중립 목표 기후동맹'에 가입하여 탄소중립을 위한 여러 정책과 비전을 제시하고 있다. ③ 그러나 정부 주도의 탄소중립 정책과 대응도 중요하지만, 각 지역사회의 특수성을 고려한 탄소중립 실천 시나리오가 필요하다. ④ 이에 따라 탄소 배출이 적으며 반영구적이고 설치 비용이 적은 여러 에너지원에 대한 모색이 필요하다. ⑤ 이 가운데 다른 에너지원에 비해 에너지 효율이 높고 관리 유지 비용이 저렴하며 시공간의 제약에서 비교적 자유로운 '미니 태양광'이 최근 여러 지역사회에서 주목을 받고 있다.

2. 본론-1　(5문장 이상)

① 한국의 여러 지역사회에서는 저탄소 에너지 전환에 동참하고 에너지 자급률을 높이기 위해 시민 참여를 기반으로 하는 가정용 태양광 발전 설비 보급 확대 정책을 시행하고 있다. ② 서울시의 종로구의 경우, 〈태양광 미니발전소 보급 지원사업〉을 추진하고 있는데, 베란다형(325W)과 주택형(3kW)으로 나뉘며 구 보조금이 각각 50,000원, 600,000원이며, 자부담금으로 87,300원, 928,000원으로 책정되어 있다. ③ 그러나 각 지역사회의 제도적 노력에도 불구하고 국내 가정용 태양광 보급률은 저조하다고 〈기후사회연구소〉는 밝혔다. 통계청에 따르면 2018년 전국의 가정용 태양광 누적보급용량은 38만7,067kW로 전체

태양광 누적보급용량대비 5%에 불과했으며 7대 광역시 및 세종시의 누적보급용량은 전국 가정용 태양광 누적보급용량의 27% 수준이라고 한다. ④ 〈기후사회연구소〉는 여러 지역사회의 가정용 태양광 보급률이 저조한 이유는 흔히 국내 전기요금 수준이 낮아 요금절감 효과가 작고 잉여전력의 수익화가 어려워 경제성이 낮기 때문이라고 설명했다.

⑤ 따라서 가정용 태양광 보급률을 높이기 위해서는 전기요금 절감 효과가 크고 사용자 만족도가 높아야 하며, 무엇보다 기후위기에 대한 사회적 인식이 확산되고 시민들의 적극적인 동참을 이끌어내는 다양한 정책 역시 뒷받침되어야 한다.

3. 본론-2 (5문장 이상)

①

②

③

④

⑤

4. 본론-3 (5문장 이상)

①

②

③

④

⑤

5. 결론　　(5문장 이상)

①

②

③

④

⑤

논문 문장 쓰기의
2가지 어려움

　　　　　　　　나름대로 시험도 잘 보고 과제도 열심히 잘했는데, 왜 낮은 학점을 받게 되었을까요. 일단 논문에 국한하여 말씀드리겠습니다. 열심히 자료도 잘 찾았고, 주제도 잘 잡았고, 분량도 맞췄는데… 왜 낮은 학점을 받았을까요? 아마도, 논문 문장이 좋지 않아서 일 겁니다. 그래서 논문을 계속 쓰고 있는 제 주변 연구자들과 주변 후배들, 제 강의 수강생들에게 물어봤습니다. 논문 문장 쓰기가 어려운 이유를요. 크게 2가지로 꼽을 수 있었습니다.

　　첫째는, 논리적 흐름을 만들기 어려워서. 주제도 잘 찾았고 자료도 잘 찾았지만, 본인의 주장을 만들어가는 게 참 쉽지 않습니다. 논리적 흐름을 어떻게 만들어야 할지 모르겠습니다. 그저 남의 논문이나 인터넷상에 떠도는 글을 복붙하기 바빴죠. 그러니 당연히 좋지 않은 결과를 얻을 수밖에 없습니다.

둘째는, 바로 문장력이 형편없어서. 저 역시 문장에 많은 신경을 쓰고 있지만, 오래 글을 쓰고 강의하니까, 글을 보면 어느 정도 글쓴이의 수준을 파악할 수 있게 되었습니다. 한 단락만 읽어봐도 사이즈가 나옵니다! 문장력이 좋은 친구는 대체로 논리적 흐름도 좋고 자료 조사도 꼼꼼하게 잘했으며, 심지어 글이 재미있기까지 합니다. 끝까지 읽게 하죠. 그러나 문장력이 형편없으면, 읽기가 정말 어렵습니다. 논리 흐름이 있다고 해도, 그것을 제대로 표현하지 못했으니, 아무래도 좋은 점수를 주기 어렵죠.

이처럼 논문 문장 쓰기에서 우리가 마주치는 난관은 바로 이 두 가지입니다. 논리적 흐름을 만들기 어려워서와 문장력의 문제. 단숨에 해결하기는 쉽지 않은 문제입니다.

그래서 우리는 논문 쓰기 전부터 논문 제출 후까지 불안, 긴장, 초조, 압박감에 시달립니다. 가뜩이나 하기 싫은데… 마감은 다가오고, 무슨 말을 써야 할지는 모르겠고… 미쳐버립니다. 그런데 또 이렇게 쫄릴수록 노는 건 더 재미있죠. 딱 오늘까지만 놀자. 딱 10시까지만 놀자. 그러다 결국 마감 직전에 미친 듯이 달립니다. 퇴고는 무슨. 내가 무슨 말을 했는지도 모르겠습니다. 일단 분량 채워서 내는 데 바쁘죠. 그렇게 논문을 제출하고 나서… 또 불안하고 초조해합니다. 이번 학기도 망했구나 하고 절망에 빠지기도 하고, 다른 애들도 잘 못 쓰거나 못 내지 않았을까 하는, 정신승리 혹은 희망회로를 돌려봅니다.

그렇게 한 학기를 살아가는 게 바로 우리의 현실입니다. 물론,

제때제때 충실하고 성실하게, 아주 잘 쓴 과제를 내주는 학생들도 분명 있습니다. 그러나 극히 일부분이죠.

어쨌든 무슨 일을 하든 간에, 우리는 쫄지 말고 일단 멘탈부터 붙잡아야 합니다. 마감이 임박할수록 자신감을 갖고, 도장 깨기 하듯 하나씩 해나가면 됩니다. 나름의 계획을 짜서 하나씩 해나가면 되지만, 멘붕에 빠지면 순서고 뭐고 정신없죠. 일단 자신감부터. 난 오늘 밤 나의 영혼을 걸고 이 과제를 끝내겠다, 난 오늘 나의 모든 것을 이 논문에 쏟고 말겠다, 오늘 하얗게 불태우겠다, 다 덤벼. 뭐 이런 결기를 갖고 멘탈을 제대로 붙잡아야 합니다. 논문 쓰기만 그런가요. 인생이 다 그렇죠. 그래서 또 제가 준비해보았습니다. 멘탈 붙잡고 시작하는 논문 쓰기 전략 다섯 가지!

1.
감정을 숨기고
차분하게 쓸 것

무슨 말을 써야할지 모르겠고, 시간은 없습니다. 여태 놀다가 이제 마감이 임박하게 만든 나 자신에게 극도의 분노를 느낍니다! 그러나 침착해야 합니다! 최대한 건조하게 한 문장씩 써가면 됩니다. 감정은 최대한 숨기고, 불안함과 자신 없음 또한 내려놓아야 합니다. 한 문장씩 차분하게 써내려가면 됩니다. 자료도 있고, 앞서 제가 제시한 〈연구 계획서〉와 〈다섯 단락 글쓰기〉가 있다면, 더욱 든든하겠죠. 어떻게 써야 할지 프로파일링처럼 그림(논리 지도)을 그려두었다면 더 쉽습니다. 차분하게 한 자씩 써내려가면 됩니다. 팔만대장경 파 내려가듯. 한 자 쓰고 절하고 한 자 쓰고 절하고. 그러다 보면 어느새 논문이 완성되었을 겁니다.

2.
자료의 문체와 어조를 참고할 것

앞서 언급했듯이 샘플을 먼저 만들고 논문을 써나가야 합니다. 이때, 내 연구와 관련된 자료의 문체와 어조를 참고하면 좋습니다. 이런저런 자료의 문체를 살펴보면서 당신이 앞으로 계속 쓸 수 있는 문체를 고르면 됩니다. '백지의 공포'를 극복하기 위해 아주 좋은 팁이죠. 그러니까, 정 불안하면, 자신이 없으면 자료의 문체를 따라 해도 된다는 겁니다. 따라 하다 보면 뭐라도 되겠죠. 그런데 똑같이 따라하기도 매우 힘들어서, 결국은 자신만의 문체가 만들어질 수밖에 없습니다. 그러나 여기서 주의할 점 하나. 자료마다 서로 다른 문체와 어조가 있으니, 섞이지 않도록 조심해야 합니다. 논문 초짜들이 제일 많이 하는 실수가 바로 이것. 자료의 문체가 이것저것 마구 섞여 있습니다. 심지어 정신없이 복사하다 보니, 논문파일의 글씨체도 달라져 있습니다. 그런 논문은 자세히 보지 않아도 퀄리티가 뻔합니다.

3.
퇴고의 힘을 믿을 것

일단 씁시다. 그러니까 퇴고할 시간도 미리 염두에 두어야 합니다. 마감에 쫓기다 보면 제일 많이 하는 실수가 퇴고하지 않고 글을 넘기는 일인데, 그러면 아주 곤란합니다! 검수는 무조건 해야 합니다. 퇴고의 중요성은 더는 설명하지 않겠습니다만, 어차피 퇴고할 거니까 일단 쓰고 봐야 합니다. 퇴고라는 과정을 뒤에 남겨놓고 써야, 그래도 안심이 되고, 글 쓰는 속도가 붙을 수 있습니다. 그렇지 않으면, 논리를 이어가는데 매우 신중해지고, 시간이 오래 걸릴 수 있습니다. 신중하게 써야할 곳은 차분하게 써야 하지만, 또 속도를 내야 할 곳은 속도를 내야 합니다. 그리고 마지막 퇴고 과정에서 어떤 문제가 있는지 찾아내고 수정하면 끝! 아직 퇴고 한 발 남았습니다!

4.
**현재 문제를
현재 시제로 쓸 것**

대부분의 학생이 쉽게 놓치는 부분입니다. 아마도 오래된 자료, 오래된 참고문헌을 봐서 그런 것일 수도 있겠지만, 논문과 과제는 항상 최근의 문제를 최근의 시선으로 써야 합니다. 굳이 역사적인 것을 찾는 과제가 아니라면, 무조건 최근의 문제를 다뤄야 합니다. 그리고 시제는 당연히 현재형으로 '했었다', '하였다'가 아니라 '한다'로 써야 합니다. 다시 말해 지금 나는 요즘 가장 쟁점이 되는, 가장 핫한 문제를 다루는 최초의 사람이 되어야 합니다. 논문은 '깃발 꽂기'라고 앞서 언급했습니다. 나는 지금 깃발을 처음 꽂는 사람이 되어야 합니다. 따라서 현재의 관점에서 현재를 다루는 것에 집중해야 합니다. 과거 일을 계속 언급하는 논문은 다른 논문을 '복붙'한 것에 지나지 않습니다. 게으른 논문이죠. 다른 사람들의 논의에 내 논의를 최신화하는 일. 그것을 우리는 논문 쓰기라고 부릅니다.

5.

다양하게
저자 표기할 것

　　　　　무슨 말이냐면, 논문은 '나'라는 주어를 계속 쓸 필요가 없다는 겁니다. 당신이 다른 논문들을 확인하면 눈치채겠지만, 논문은 '나는'이라는 말을 쓰지 않습니다. 숨겨져 있죠. 꼭 써야 한다면, '필자는', '본고는', '이 글은', '이 연구는' 등으로 씁니다. 더 정확히 말하자면, 다양한 방식의 1인칭 어법을 써야 합니다. 수동태로 쓰거나, 비인칭주어, 부정대명사, 집단적 우리, 행위자 삭제를 통해 다양한 1인칭 어법을 구사할 수 있습니다. 이는 독자에게 동의를 요구하면서, 동시에 나라는 사람의 감정이 글에 묻는 것을 경계하는 일입니다. 부담감도 적어지죠. '나는'이라고 쓰면, 내가 그 문장을 다 책임져야 하는 느낌이 들지만, '이 연구에서', '여기서', '우리는' 등등 함께 논의를 이어간다는 뉘앙스를 주면, 글쓴이도 부담이 적고, 독자와 함께 문제를 해결해나가는 느낌을 줄 수 있습니다. 더욱 쉽게 설득력을 높일 수 있습니다!

이상과 같이 다섯 가지 전략을 염두에 두고 논문을 써나가면, 더욱 쉽게 멘탈을 붙잡을 수 있습니다. 저도 자주 논문을 쓰지만, 논문은 정말 시간과 멘탈 싸움입니다. 늘 마감에 쫓기는 것이 논문이고, 늘 멘탈이 무너지는 것이 논문입니다. 그만큼 어렵다는 뜻이죠. 모든 일이 그렇습니다. 멘탈부터 잘 붙잡고 시작하면, 못할 일이 없다는 사실. 명심하세요. 멘탈이 무너지면 논문도 끝입니다!

이제 당신은, 멘탈 꼭 붙들고 문장을 하나씩 써내려가기 시작합니다. 하얗게 이 밤을 불태웁니다. 그런데 내가 쓴 문장이 맞긴 한 건가, 하고 의구심이 듭니다. 띄어쓰기나 맞춤법은 〈맞춤법 검사기〉를 돌리면 어느 정도 해결할 수 있습니다. 그러나 논리가 자연스럽게 잘 이어지고 있는지는 자신 없습니다. 여기서부터 또다시 멘붕! 그러나 안심하시라. 제가 또 '논문 문장 쓰기의 모든 것'을 준비해보았습니다! 학생들의 실제 글을 직접 수정하는 과정을 보여 드리겠습니다. 눈 크게 뜨시길.

1.

한눈에
읽힐 수 있도록 쓸 것

모든 글이 다 그렇습니다! 한눈에 들어오

지 않으면 좋은 문장이 아닙니다. 한눈에 읽히지 않는다는 것은, 문장이 꼬였거나 어렵다는 말입니다. 이해가 쉽지 않다는 말이죠. 다시 말해, 자꾸 읽어보게 하는 문장은 나쁜 문장입니다! 잘못된 문장이 아니라 나쁜 문장입니다! 3초 만에 인상을 보고 사람을 판단한다고 했습니다. 글도 마찬가지. 한 번에 읽고 이해가 되어야 하는데, 자꾸 봐야 한다면, 그 문장은 나쁜 문장입니다. 예를 들어보겠습니다. 아마 당신도 이렇게 글을 써왔을 겁니다.

결국 자연 파괴 문제는 우리 인류에게 있어 꼭 해결해야 할 무척 중요한 문제인데 손상된 자연은 반드시 인류에게 어떤 방식으로든 피해를 입힐 것이다. 인류는 후손을 위해서라도 더 이상의 자연 파괴를 막고 지속 가능한 자연과의 공존을 위해 노력해야 한다.

▶ 결국 자연 파괴는 우리 인류의 가장 큰 문제다. 손상된 자연은 반드시 인류에게 피해를 줄 것이다. 인류는 후손을 위해서라도 더는 자연 파괴를 막고 자연과 공존해야 한다.

별 내용도 아닌데, 한 번에 읽히지 않습니다. 그래서 깔끔하게 정리했습니다. 어떠세요. 물론 여기에는 다양한 기술이 들어가 있고, 뒤이어 다시 설명하겠지만, 이렇게만 정리해도 한눈에 글이 읽힙니다. 다시 한번 말씀드립니다. 한눈에 들어오지 않는 문장은 반드시 수정해야 합니다. 한눈에 들어오지 않는다는 것은 3가지의 문제가 있다는 말입니다. 첫째 문장이 꼬였거나, 둘째 문장이 어렵거나, 셋째 문장이 재미없거나. 글 쓴 본인이 어려우면 남도 어렵습니다. 글 쓴 본인이 재미없으면 남도 재미없습니다. 꼭 한눈에 읽힐 수 있도록 문장을 써야 합니다.

2.

짧게 쓰고
핵심은 강조할 것

한눈에 읽힐 수 있도록 문장을 쓰려면 짧게 쓰면 됩니다! 아주 간단하죠. 앞서 살펴봤듯이, 짧게 쓰면 핵심이 자동으로 강조됩니다. 핵심을 강조하기 위해 문장을 짧게 쓰는 것이죠. 문장이 길어질수록 핵심이 잘 안 보일 확률이 높습니다. 그러니까, 한 문장에 하나의 내용만 담아야 합니다. 그러면 핵심만 남죠. 한 문장에 많은 내용을 담으려는 욕심은 문장을 망치게 합니다. 반대로, 할 말이 없으면 문장이 길어지기도 합니다. 중언부언 술 취한 사람이 말하듯이 말입니다. 핵심이 아예 없는 거죠. 정리하세요, 무조건! 예를 들어보겠습니다.

현재 SF 디스토피아 영화의 단골 주제인 자의식, 창의력, 직관력 등 인간만이 가질 수 있는 고유의 능력이라고 여겨왔던 모든 방면에서 인간을 압도하는 AI의 탄생과 발전으로 인해서 인간은 AI에 종속되고 AI를 신의 권능으로 여기며 다시 암흑시대라고 여겨왔던 중세시대로 역행을 할것이다.

▶ 인간 고유의 능력이라고 여겨왔던 모든 방면에서 인간을 압도하는 AI의 탄생과 발전은 SF 디스토피아 영화의 단골 주제다. 신의 권능을 믿었던 중세의 암흑시대처럼 인간 역시 AI를 신의 권능으로 여기게 될 것이다.

읽다 지칩니다. 눈에 들어오지도 않고요. 정리해보겠습니다. 불필요한 말들 모두 날려버리고, 깔끔하게 핵심만 담았습니다. 이것도 마음에 안 들어서 좀 더 줄이고 싶습니다만, 어쨌든 이런 식으로 줄이게 되면, 글쓴이가 하고 싶은 말 즉, 핵심이 한눈에 보입니다. 한 문장에 하나의 내용만! 수박 한 통을 먹기 좋게 잘라야 먹을 수 있듯이 문장도 먹기 좋게 잘라야 합니다. 수박 조각이 너무 크면 지저분하게 수박물 다 흘리게 됩니다. 문장도 마찬가지. 조각이 클수록 놓치는 것이 많아집니다. 제발 짧게 쓰세요 제발!

3.
말하듯이
쓸 것

글 역시 말하듯이 써야 합니다. 소리 내 말하듯이 글을 써야 한다는 거죠. 이제부터 당신은, 묵독으로 읽으면서 쓰지 말고, 소리 내 읽으면서 쓰세요. 그래야 문장이 쭉쭉 나갑니다. 처음부터 문장을 잘 쓸 수 있으면 좋겠지만, 쉽지 않습니다. 그러니까 말하듯이 쓰세요. 먼저 말하세요! 말에 글이 붙고 글에 말이 붙습니다. 눈덩이가 눈밭을 뒹굴면서 커지는 것처럼, 말하면서 쓰는 것이 좋습니다. 저는 여전히 지금도 말하면서 씁니다. 이 책도 지금 말하면서 쓰고 있습니다. 소리 내 읽어가면서 문장을 하나씩 이어가는 거죠. 진짜 좋습니다. 박찬호처럼 '투머치토커(too much talker)'가 되라는 말이 아닙니다. 말을 하듯 편하게 글을 쓰라는 뜻이죠. 흐름이 만들어지고 할 말이 생깁니다. 오늘부터 당신은 어떤 글을 쓰든 간에 꼭 말하면서 쓰세요. 정말정말 강력 추천합니다!

4.

하나 마나 한 말은
하지 말 것

하나 마나 한 말은 하나 마나. 어쩔수 없죠. 할 말은 없는데 분량은 채워야 하고. 어떻게든 문장을 이어가야 합니다. 그러나, 분량 채우기 급급하다가는 군더더기만 늘어납니다. 안 해도 될 말, 있으나 한 말들이 마구 붙습니다. 운동을 안 해서 군살이 몸에 붙듯이, 글도 그렇게 붙습니다. 예를 들어보겠습니다.

영화관은 영화를 상영하기 위한 시설이다. 사람들은 영화관의 공간적 장치들에 의해 다양한 경험을 하며 영화관에서의 행위가 규제되기도 한다. 이러한 영화관의 공간적 장치들이 사람들에게 어떻게 영향을 미치는지 분석해보겠다.

▶ 사람들은 영화관의 공간적 장치들에 의해 다양한 경험을 하며 행위에 규제를 받기도 한다. 이러한 공간의 배치가 사람들에게 어떻게 영

 9장 논문 문장 쓰기의 모든 것

　자, 어디가 군살일까요? 어디가 하나 마나 한 문장일까요. 바로 첫 번째 문장, "영화관은 영화를 상영하기 위한 시설이다." 모두가 다 아는 사실입니다. 당연한 말이죠. 그럼 영화관에서 뭐하나요? 물론 영화관에서 콘서트도 하고, 요즘에는 클라이밍도 하고 이것저것도 합니다만, 지금 글의 맥락상 영화관이 영화를 상영한다는 말은 없어도 무방합니다. 중요한 것은 사람들이 영화관의 공간 배치로 다양한 경험을 하면서 행위의 규제를 받는다는 것이죠. 이 글은 영화관의 역할 혹은 영화관의 기능을 묻는 것이 아닙니다. 분량 채우다가 불필요한 군살만 늘어나는 거죠. 쉽지 않겠지만, 하나 마나한 말은 정말 하지 말아야 합니다. 그런 문장이 많아질수록 글쓴이의 수준을 의심받게 됩니다. 성실성도 의심하게 되고요. '아무말 대잔치'가 되지 않도록 신경 써야 합니다.

5.
주술목 문장 구조는
확실하게 할 것

　　주술목(주어−서술어−목적어). 물론 그 외의 문장성분도 있지만, 가장 기본이 되는 주어−서술어−목적어는 명확하게 써야 합니다. 시와 같은 운문은 문장성분을 약간 빼도 되지만, 학술적 글쓰기인 논문은 반드시 문장 구조를 확실하게 지켜야 합니다. 논리 때문에 그렇습니다. 문장이 완전해야 논리도 완전

합니다. 예를 들어볼게요.

우리 사회에서 '합목적성'과 '법적 안정성'이 충돌하는 사례는 바로 공소시효다. 공소시효란 일정한 기간 동안 공소를 제기하지 않고 방치하는 경우 공소를 제기할 권한을 소멸시키는 제도이다. 형사재판을 통해 죄가 인정되어야 처벌을 내릴 수 있는데, 공소 제기 권한 소멸로 인해 처벌할 수 없는 것이다.

▶ 우리 사회에서 '합목적성'과 '법적 안정성'이 충돌하는 사례는 바로 공소시효다. 공소시효란 검사가 일정한 기간 동안 공소를 제기하지 않고 방치하는 경우 공소를 제기할 권한을 소멸시키는 제도이다. 형사재판을 통해 죄가 인정되어야 처벌을 내릴 수 있는데, 공소 제기 권한 소멸로 인해 범죄자를 처벌할 수 없는 것이다.

무슨 말인지는 알겠습니다만, 뭔가 이가 빠진 것 같죠. 확실하게 고쳐보겠습니다. 두 번째 문장에서 주어가 빠져서 "검사가"를 넣고, 세 번째 문장에서 목적어가 빠져서 "범죄자를"를 넣습니다. 별것 아닌 것 같아도, 문장은 아주 완벽해야 합니다. 논리가 확실해지거든요. 디테일에 악마가 숨어있다고 했습니다. 이런 디테일 놓치지 마세요. 물론, 다른 문장성분도 완전하게 써야 하고, 주어-서술어 호응관계도 완전해야 합니다. 문장성분과 관련해서는 더는 말하지 않겠습니다. 중딩, 고딩 때 우린 이미 배웠으니까요. 그런데 우리가 글 쓸 때는 놓칩니다. 왜냐고요? (정신없이) 쓰기 바쁘니까요.

    9장 논문 문장 쓰기의 모든 것

6.
주장은 명확히
마무리할 것

자신 없다고 흐지부지, 어영부영 대충 논증하고 명제만 던져두면 안 됩니다. 말할 때는 확실하게 말해야 합니다. 묵직한 힘이 있어야 합니다. 잘 쓰다가 말꼬리를 흐리면 안 됩니다. 논리적 오류는 조심해야 하지만, 그렇다고 해서 자신 없는 말투를 하는 것은 옳지 않습니다. 예를 들어볼게요.

공감능력이 떨어지는 사람은 타인의 아픔과 슬픔을 생각하지 않고 자신의 이익과 만족만 고려하여 원만한 이해 갈등을 피하기는 사실상 어려운 것으로 보인다.

▶ 공감능력이 떨어지는 사람은 타인의 아픔과 슬픔을 생각하지 않고 자신의 이익과 만족만 고려한다. 공감능력이 떨어지는 사람이 원만한 이해 갈등을 피하기 어려운 것은 바로 그 때문이다.

크게 문제는 없어 보입니다만, "사실상 어려운 것으로 보인다"는 문장이 조금 문제로 남습니다. 어려우면 어려운 거지, '사실상'은 또 뭐고 '보인다'는 또 뭘까요. 더욱이 '보인다'는 말은 영어식 표현입니다. 바꿔볼게요. "바로 그 때문이다"하고 쐐기를 박아버렸습니다! 물론 성급한 일반화의 오류나 범주 혼동의 오류 등등 다양한 논리적 오류는 정말 조심해야 합니다. 그래도 주장은 확실하게 해야 합니다. 마무리도 의리있게 '마무으리'! 김보성급으로 박력 있게 씁시다.

7.

단락은
들여쓰기할 것

　　　　　　　　단락을 잘 나눠야 합니다. '들여쓰기' 해서요. 단락의 시작 부분을 2칸 이상 띄어서 단락이 새로 시작되었다는 것을 표시해야 합니다. 그렇지 않으면, 글을 읽기가 어렵습니다. 눈이 아파요. 읽다가 잠깐 딴 생각하면 다시 처음으로 되돌아가야 합니다. 손가락으로 문장을 더듬어가며 읽어야 합니다. 들여쓰기하면, 보기도 좋지만, 단락이 논리 덩어리라서 논리의 덩어리를 한눈에 볼 수 있습니다. 그래서 단락 배분에 신경 써야 합니다. 단락이 있다는 것은 논리 덩어리가 있다는 뜻이지만, 단락이 없다는 것은 논리가 정리되지 않았다는 뜻입니다. 단락을 나누면, 논리의 덩어리가 딱딱 떨어져야 하니, 군더더기 문장도 쉽게 정리할 수 있죠. 그 단락에서 필요없는 문장이 더 잘 보이니까요.

<table>
<tr>
<td>

단락을 잘 나눠야 합니다. '들여쓰기' 해서요. 단락의 시작 부분을 2칸 이상 띄어서 단락이 새로 시작되었다는 것을 표시해야 합니다. 그렇지 않으면, 글을 읽기가 어렵습니다. 눈이 아파요. 읽다가 잠깐 딴 생각하면 다시 처음으로 되돌아가야 합니다. 손가락으로 문장을 더듬어가며 읽어야 합니다. 들여쓰기를 하면, 보기도 좋지만 단락이 논리 덩어리라서 논리의 덩어리를 한눈에 볼 수 있습니다. 그래서 단락 배분에 신경써야 합니다. 단락이 있다는 것은 논리 덩어리가 있다는 뜻이지만, 단락이 없다는 것은 논리가 정리되지 않았다는 뜻입니다. 단락을 나누면, 논리의 덩어리가 딱딱 떨어져야 하니, 군더더기 문장도 쉽게 정리할 수 있죠. 그 단락에서 필요없는 문장이 더 잘 보이니까요.

</td>
<td>▶</td>
<td>

　단락을 잘 나눠야 합니다. '들어쓰기' 해서요. 단락의 시작 부분을 2칸 이상 띄어서 단락이 새로 시작되었다는 것을 표시해야 합니다. 그렇지 않으면, 글을 읽기가 어렵습니다. 눈이 아파요. 읽다가 잠깐 딴 생각하면 다시 처음으로 되돌아가야 합니다. 손가락으로 문장을 더듬어가며 읽어야 합니다. 들여쓰기를 하면, 보기도 좋지만 단락이 논리 덩어리라서 논리의 덩어리를 한눈에 볼 수 있습니다.
　그래서 단락 배분에 신경써야 합니다. 단락이 있다는 것은 논리 덩어리가 있다는 뜻이지만, 단락이 없다는 것은 논리가 정리되지 않았다는 뜻입니다. 단락을 나누면, 논리의 덩어리가 딱딱 떨어져야 하니, 군더더기 문장도 쉽게 정리할 수 있죠. 그 단락에서 필요없는 문장이 더 잘 보이니까요.

</td>
</tr>
</table>

8.
을/를을 최대한
제거할 것

　　　　　목적어가 있는 것은 좋은데, 너무 많으면 불필요해집니다. 문장도 꼬일 수 있고요. 그래서 소리 내 읽으면서, 말하면서 쓰라고 말씀드린 이유가 바로 여기에 있습니다. 읽다 보면 '을/를'이 불필요하게 느껴지거든요. 예컨대, "나는 강아지를 사랑을 한다"가 아니라 "나는 강아지를 사랑한다"고 말하는 게 좋습니다. '을/를'이 문장을 쓸데없이 복잡하게 만듭니다. 소리 내 읽으면서 '을/를'을 지우세요. 예를 들어보겠습니다.

　　　인간이 자의식을 가지고 있다고 말을 할 수 있는 이유는 인간이 창의력과 추론 능력을 가지고 있고 자기 스스로의 존재를 의식할 수 있기 때문이다. 고도로 발달하게 될 IPA의 대화 알고리즘 체계도 인간이 가진 이러한 특성들과 유사한 점을 보여준다.

　　　▶ 인간이 자의식이 있다고 말할 수 있는 이유는 인간이 창의력과 추론 능력으로 자기 존재를 의식하기 때문이다. 고도로 발달하게 될 IPA의 대화 알고리즘 체계도 인간이 가진 이러한 특성들과 유사하다.

　　　일단 문장이 조금 길죠. 눈에 잘 안 들어옵니다. 정리해볼게요. '자의식을 가지고 있다고' → '자의식이 있다고', '말을 할 수 있는' → '말할 수 있는', '추론능력을 가지고 있고' → '추론 능력으로', '자기 스

스로의 존재를' → '자기 존재를', '의식할 수 있기' → '의식하기'로 수
정하겠습니다. 자, 어떠세요? 더 깔끔해졌죠? 다음 문장도 마찬가
지. '특성들과 유사한 점을 보여준다'가 아니라, '특성들과 유사하다'
로 깔끔하고 힘있게 '마무으리'! 소리 내 읽으면서 '을/를'을 지우세
요!

9.

자료의 구체적인
숫자를 제시할 것

　　　　　　자료의 성격에 따라 다르겠지만, 숫자 즉
통계나 어떤 수치를 제시할 경우, 구체적이고 정확한 숫자를 제시해
야 합니다. 뭉뚱그려서 '많은', '적은'과 같은 부사로 양과 질을 말하
면 안 됩니다. 논문은 논증해야 하고 논리를 이어가야 하는 글쓰기
이니, 논의 역시 정확하게 진행되어야 합니다. 다시 말해, 어설픈 통
계가 아닌, 정확한 수치로 설득력을 높여야 합니다. 이를테면 10명
에게 설문조사를 했는데, 어떤 사안에 대해 5명이 긍정하고 3명이
부정했다고 해서, 50퍼센트 이상 동의했다고 말하는 것은 어렵다는
겁니다. 여론조사처럼 신뢰 수준에서 표본오차 범위가 어느 수준 이
내에서 제시되어야 합니다. 예를 들어볼게요.

기상청의 보고서에 따르면 지난해 태풍·호우에 따른 재산 피해는
최근 10년간 연평균 피해액의 3배를 넘어섰고 인명 피해 역시 상당히
늘어났다.

▶ 기상청의 〈2021년 이상기후 보고서〉에 따르면 지난해 태풍 · 호우에 따른 재산 피해는 최근 10년(2011~2020년) 연평균 피해액(3,883억 원)의 3배를 넘어섰고 인명 피해 역시 46명에 달해 평균 인명 피해를 크게 넘어선 수치를 보여주었다.

일단, 기상의 어떤 보고인지도 불분명하고, 최근 10년 연평균 피해액이 정확히 얼마인지도 알 수 없습니다. 피해 역시 상당히 늘어났는데, 얼마나 늘어났는지 알 수 없죠. 이렇게 바꿔야 합니다. 기상청의 어떤 보고서에서 나온 자료이며, 최근 10년은 언제부터 언제까지인지, 연평균 피해액과 인명 피해 인원을 적시해야 합니다. 자료에 따른 구체적인 숫자를 이렇게 제시하면, 아무래도 글에 신뢰가 가지 않을 수 없죠. 더욱이 이 정도로 꼼꼼한 연구자라면, 아무래도 글의 퀄리티가 올라갈 수밖에 없습니다. 물론, 평균의 함정 또는 통계의 함정은 유의해야 합니다. 무조건 통계와 평균이 옳다는 것은 아닙니다. 통계를 내는 표본 대상마다 다른 결과가 나올 수 있고, 어떤 기관에서 어떤 기준으로 했느냐에 따라 다른 결과가 나올 수 있습니다. 유의미한 통계값을 제시하면서 논의를 전개해가야 하며, 함정이 도사리고 있다는 것 역시 감안해서 논문을 써야 합니다.

10.
꼭 쓰고 싶은 한 문장을
숨겨놓을 것

학술적 글쓰기이므로 유기적인 논리의

흐름이 가장 중요하지만, 그 가운데 글쓴이가 정말로 하고 싶은 한 문장쯤은 '반드시' 있어야 합니다. 물론 그것은 논리적 흐름에서 어긋나거나 군더더기가 되어서는 안 되고요. 완만하게 흐름을 타는 가운데, 힘을 준 문장, 눈에 띄는 문장, 그래서 핵심이 되는 문장이 하나 이상은 있어야 합니다. 사실 이 한 문장을 중심으로 논리가 만들어지기도 하고, 글 전체가 만들어지기도 합니다. 문장 하나 별것 아닌 것 같아도 힘준 문장, 눌러 쓴 문장, 심혈을 기울인 문장이 글 전체를 완성합니다. 우리는 그 문장에서 매력을 느끼기도 하고, 고개를 끄덕이기도 합니다. 그러니, 잘 숨겨야 합니다. 어차피 꽁꽁 숨긴다고 해도 얼마 되지 않아 드러납니다. 그러나 대놓고 보여주는 것보다는, 살짝 숨겨두는 것이 더 좋죠. 그것이 핵심 메시지라면 더욱더 잘 숨겨두세요. 독자의 흥미를 자극할 수 있고, 글을 끝까지 읽게 만듭니다. 평이하고 매력 없는 문장만 A4용지 5장 혹은 10장을 넘긴다고 생각해보세요. 얼마나 재미없겠어요. 독자와 숨바꼭질을 약간 하는 것도 나쁘지 않습니다.

논문 문장 쓰기의 모든 것

1. 한눈에 읽힐 수 있도록 쓸 것

2. 짧게 쓰고 핵심은 강조할 것

3. 말하듯이 쓸 것

4. 하나 마나 한 말은 하지 말 것

5. 주술목 문장 구조는 확실하게 할 것

6. 주장은 명확히 마무리할 것

7. 단락은 들여쓰기 할 것

8. 을/를을 최대한 제거할 것

9. 자료의 구체적인 숫자를 제시할 것

10. 꼭 쓰고 싶은 한 문장을 숨겨놓을 것

이상으로, 제 경험을 바탕으로, 선후배들 이야기와 시중에 나와 있는 학술적 글쓰기 책, 사고와 표현 교재, 글쓰기 관련 책들 참고하여 '논문 문장 쓰기의 모든 것' 10가지를 제시해보았습니다. 이보다 더 중요한 논문 문장 쓰기 요소가 있다면 제게 알려주세요. 반드시 사례하겠습니다!

'논문 문장 쓰기의 모든 것' 10가지는 문장 쓸 때 반드시 유념해 두어야 할 사항들입니다. 이 중 몇 가지만 잘 지켜도 분명 당신의 논문은 퀄리티가 상당히 올라갈 것입니다. 다 지키면 더할 나위 없고요. 물론, 한 번에 이 10가지를 다 지키긴 어렵습니다. 시간이 오래 걸리겠죠. 몸에 익을 때까지 연습 또 연습하는 수밖에 없습니다. 그리고 그것을 가능하게 하는 것은 퇴고! 퇴고의 문제는 바로 뒤이어 다루겠습니다. 별수 없습니다. 연습만이 '살길'입니다.

10 ___________ 퇴고로 끝을 보자

자, 당신이, 어떻게든, 논문을 다 썼습니다. 이제 제출할까요? 아니죠. 우리는 포기를 모르는 사람들입니다. 퇴고해야죠. 끝날 때까지 끝난 것이 아닙니다. 논문을 비롯해 모든 글쓰기는 퇴고부터 시작입니다. 퇴고하면서 앞서 언급한 모든 요소를 하나씩 다 살펴야 합니다. 퇴고하지 않고도 앞서 언급한 것들을 다 지키면 참 좋겠으나, 거의 불가능하죠. 이제 시작입니다! 퇴고하면서 모든 것을 살펴야 합니다. 앞서 여러 번 논문의 모든 것을 보여 드렸으니, 퇴고 때만, 진짜 마지막에만 해야 할 일, 딱 5가지만 말씀드리겠습니다. 조금만 버텨주세요!

1.

서론의 첫 문장과
결론의 마지막 문장을 연결할 것

앞서 말씀드렸습니다. 서론 첫 문장은 아주 잘 써야 한다고요. 완전하고 깔끔해야 합니다. 첫 문장에 논문 전체를 집약하는 내용이 들어 있어야 합니다. 따라서 서론의 문제 제기가 결론에서 해결되었는지 확인해야 합니다. 결론의 마지막 부분과 서론의 첫 문장이 서로 연결되지 않는다면, 첫 문장을 고치거나 결론의 마지막 부분 혹은 문장을 수정해야 합니다. 퍼즐 맞추듯이 서로 맞춰야 합니다. 결론은 본론의 내용을 정리한 것이니 마지막 문장과 첫 문장이 맞지 않는다는 것은, 서론의 첫 문장이 틀렸다는 말이겠죠. 서론에서 결론까지 논의가 유기적으로 전개되었는지 바로 확인하게 하는 것이 바로 이 두 문장입니다. 이것은 퇴고할 때, 논문 다 쓴 다음에나 연결할 수 있으니, 반드시 퇴고할 때 제일 먼저 확인해야 할 사항입니다. 이것을 체크한다는 것은 글 전체의 논리 전개를 확인하는 일이기도 하니, 학술적 글쓰기에서 반드시 해야 할 일입니다! 진짜 중요한 작업입니다.

2.

개념과 용어가
통일되었는지 확인할 것

이것도 앞서 말씀드렸습니다. 개념과 용어는 명확하게 써야 한다고요. 여기서 하나 더 확인해야 할 것은 바로, 개념과 용어가 통일되었는지 확인하는 일. 서론에서는 A라는 용어를 쓰고, 본론에서는 B라는 용어를 쓰고, 결론에서는 C라는 용어를 쓰면 안 됩니다. 한 논문에 개념이나 용어가 혼동되어 사용되었다는 것은, 퇴고를 안 했다는 방증이기도 합니다. 정말 중요한 핵심 용어, 키워드, 개념은 'Ctrl+F'로 일일이 찾아가면서 잘못 쓰지 않았는지 확인해야 합니다. 'Ctrl+F'로 잘못된 개념이나 용어를 일괄 변환할 수도 있습니다. 정신없이 쓰다 보면 개념과 용어를 혼동할 수 있으니, 퇴고할 때 반드시 하나로 통일해야 합니다. 이것 또한 퇴고 때만 할 수 있는 작업이죠.

3.
문장의 주어를
찾아라

문장을 쭉 훑어보면서, 소리 내 읽으면서 주어가 빠졌는지, 그리고 주어와 서술어의 호응관계가 제대로 되었는지 확인해야 합니다! 특히 무의식적으로 주어를 빠뜨릴 때가 있는데, 주어가 빠진 문장을 모조리 찾아서 주어를 넣어야 합니다. 이것도 퇴고 때나 할 수 있습니다. 정신없이 쓸 때는 잘 안 보이거든요. 주-술-목 구조도 중요하지만, 특히 주어가 중요합니다. 예전에 제가 어렸을 때 유행했던 〈월리를 찾아서〉처럼, 주어 찾는데 눈이 빠질 정도라면 문장 자체를 읽기 어렵습니다. 독자에게 폭력을 행사하는 것과 마찬가지입니다. 꼭, 주어를 찾아 써야 합니다. 성실함의 문제이기도 하고 신뢰의 문제이기도 합니다. 저도 예전에 석사논문 심사받을 때, 논문 문장에 주어가 많이 빠졌다고 엄청나게 혼났습니다. 그래서 그때 이후로 주어에 무척 민감합니다. 당신도 마찬가지. 주어에 예민해야 합니다.

4.

접속사는
최대한 지울 것

이것 역시 퇴고때 할 수 있는 일입니다. 서둘러 문장을 써나갔기 때문에, 접속사를 많이 쓸 수밖에 없습니다. 억지로 문장을 이어가기 바빴거든요. 접속사는 문장과 문장을 이어주는 역할을 하는데, 급하게 논리를 이어가다 보니 접속사를 많이 쓸 수밖에 없습니다. 그런데 접속사가 논문에 많다는 것은 논문의 논리가 엉성하다는 것을 뜻합니다. 여기서 제가 꿀팁 하나 드리겠습니다! 접속사를 최대한 지워보세요. 그러면 문장 연결이 잘 안 될 겁니다. 그러면 그 문장을 고치세요. 접속사 없이 서로 이어 붙게요. 그러면 논리가 이어집니다. '신기방기'한 스킬입니다. 접속사가 많다는 것은 문장 간 연결이 매끄럽지 못하다는 것을 스스로 드러내는 일입니다. 접속사를 지우세요. 그리고 그 문장들을 수정하세요. 그러면 논리가 아주 깔끔해집니다. 쓸데없는 문장도 쉽게 지울 수 있습니다. 퇴고 때만 할 수 있죠.

5.

종결어미는
최대한 다양하게 쓸 것

한국어는 종결어미가 참 많습니다. 그런데 꼭 우리는 '~다', '~것이다'만 씁니다. 재미없죠. 종결어미도 최대한 다양하게 써서 다양한 결의 문장들을 만들어야 합니다. 방금 언급한 접속사 삭제와 같은 맥락입니다. 접속사를 지우게 되면, 문장 간 연결이 어색해집니다. 그때 가장 쉽게 손볼 수 있는 것이 바로 종결어미. '~할 뿐이다', '~로 볼 수 있다', '~다름 아니다', '~라 할 수 있다', '~로 확인할 수 있다' 등 다양한 종결어미가 있습니다. 뷔페처럼 다양한 종결어미를 써서 글의 단조로움을 피해야 합니다. 가뜩이나 학술적 글쓰기라 딱딱한데, 문상도 지루하면 재미없잖아요. 이것도 퇴고때만 할 수 있는 일입니다.

　진짜 마지막. 이 모든 것을 가능하게 하는 것은 무엇일까요? 바로 소리 내 읽어가며 퇴고! 퇴고는 소리 내 읽어가는 것이 진리입니다. 이 책 전체 중 꼭 한 가지만 기억해야 한다면 바로 이것! 소리 내 읽어가며 퇴고하는 것. 꼭 기억해주세요. 소리 내 읽어가면 모든 것을 찾아낼 수 있고 수정할 수 있습니다. 자신합니다!

대학생 실전 글쓰기의 모든 것

한 권으로 끝내는 서평과 논문

초판 1쇄 발행 2022년 03월 25일

지은이 김남규
발행인 김신희
편   집 김정웅
본문 디자인 김남규

발행처 헤겔의휴일
출판등록   제2017-000052호
주   소 (07370) 서울시 영등포구 도림로 110길 12-3
문의 및 투고   post-rock@naver.com

ISBN 979-11-960916-9-9(03800)

© 김남규, 2022